MAURICE LEBLANC

ARSÈNE LUPIN

CABALLERO LADRÓN

Traducción de Sofía Tros de Ilarduya

Ilustrado por
Fernando Vicente

Título original: *Arsène Lupin, gentleman-cambrioleur*

© de esta edición:
Editorial Alma
Anders Producciones S.L., 2024
www.editorialalma.com

 @almaeditorial

© de la traducción: Sofía Tros de Ilarduya

© de las ilustraciones: Fernando Vicente

Diseño de la colección: lookatcia.com
Diseño de cubierta: lookatcia.com
Maquetación y revisión: LocTeam, S.L.

ISBN: 978-84-19599-69-8
Depósito legal: B-6736-2024

Impreso en España
Printed in Spain

Este libro contiene papel de color natural de alta calidad que no amarillea (deterioro por oxidación) con el paso del tiempo y proviene de bosques gestionados de manera sostenible.

Todos los derechos reservados. No se permite la reproducción total o parcial del libro, ni su incorporación a un sistema informático, ni su trasmisión en cualquier forma o por cualquier medio, sea este electrónico, mecánico, por fotocopia, por grabación u otros métodos, sin el permiso previo por escrito de la editorial.

ÍNDICE

1 La detención de Arsène Lupin 7
2 Arsène Lupin en la cárcel 23
3 La fuga de Arsène Lupin 45
4 El misterioso viajero 67
5 El collar de la reina 85
6 El siete de corazones 103
7 La caja fuerte de la señora Imbert 139
8 La perla negra 151
9 Herlock Sholmès llega demasiado tarde 167

1
LA DETENCIÓN
DE ARSÈNE LUPIN

¡Qué extraño viaje! ¡Con lo bien que había empezado! Yo jamás había hecho una travesía que se presentara con tan buenos augurios. El Provence es un trasatlántico rápido y cómodo, al mando de un hombre de lo más agradable. A bordo estaba reunido lo más selecto de la sociedad. Allí hacíamos amistades y nos divertíamos. Todos teníamos la agradable sensación de estar apartados del mundo, nosotros solos, como en una isla desconocida, así que estábamos obligados a relacionarnos unos con otros.

Y vaya si nos relacionamos...

¿Habéis pensado alguna vez qué hay de singular e imprevisto en un grupo de personas que la víspera no se conocían y vivirán varios días en estrecha intimidad, entre el cielo infinito y el inmenso mar, desafiando juntos la cólera del océano, la terrible embestida de las olas y la traicionera calma del agua adormecida?

En el fondo es la vida misma, con sus reveses y sus grandezas, con su monotonía y su diversidad, pero vivida en una especie de reducción trágica y, quizá por eso, se disfruta con una prisa desasosegada y un placer más intenso el breve viaje cuyo final se ve desde el preciso momento en que comienza.

Pero, desde hace varios años, sucede algo que se añade especialmente a las emociones de la travesía. La islita flotante sigue dependiendo de ese mundo del que se creía liberada. Mantiene un lazo que solo se desata poco a poco en alta mar y, poco a poco, en alta mar, vuelve a anudarse. ¡La radiotelegrafía! ¡Señales de otro universo del que se recibirán noticias misteriosamente! Ya no vale pensar en unos cables por los que corre un mensaje invisible. El misterio es más insondable, más poético también, y hay que recurrir a las alas del viento para explicar este nuevo milagro.

Así, durante las primeras horas de la travesía, sentimos que esa voz lejana que, de vez en cuando, nos susurraba palabras del mundo, nos acompañaba, nos escoltaba e incluso nos precedía. Dos amigos se comunicaron conmigo. Otros diez, otros veinte nos enviaron a todos, a través del espacio, sus despedidas tristes o alegres.

Ahora bien, el segundo día del viaje, a quinientas millas de las costas francesas, en una tarde tormentosa, el radiotelégrafo nos comunicaba la siguiente noticia:

> Arsène Lupin a bordo, primera clase, pelo rubio, herida antebrazo derecho, viaja solo, con el nombre de R...

En ese preciso instante, un trueno violento estalló en el cielo oscuro. Se interrumpieron las ondas eléctricas y no recibimos el resto del mensaje. Solo sabíamos la inicial del nombre que utilizaba Arsène Lupin.

Si se hubiera tratado de cualquier otra noticia, no me cabe la menor duda de que tanto los radiotelegrafistas, como el comisario de a bordo y el comandante habrían guardado el secreto escrupulosamente, pero con determinados hechos es imposible mantener la discreción. Y este era uno de esos. Así que ese mismo día, sin que nadie pudiera decir cómo se había corrido la voz, todos sabíamos que el famoso Arsène Lupin se escondía entre nosotros.

¡Arsène Lupin en el barco! ¡El escurridizo ladrón del que todos los periódicos llevaban meses contando proezas! ¡El enigmático personaje con el que el viejo Ganimard, nuestro mejor policía, había entablado un duelo a muerte, con unas peripecias de lo más curiosas! Arsène Lupin, el extravagante caballero que solo robaba en castillos y salones, el que una noche se coló en casa del barón Schormann, se marchó con las manos vacías y dejó su tarjeta con esta frase: «Arsène Lupin, ladrón de guante blanco, volverá cuando los muebles sean auténticos». Arsène Lupin, ¡el hombre de los mil disfraces! Podía ser alternativamente chófer, tenor, corredor de apuestas, hijo de buena familia, adolescente, anciano, viajante de comercio marsellés, médico ruso o torero español.

Imaginad, Arsène Lupin trajinando entre los límites relativamente pequeños de un trasatlántico o, mejor dicho, ¡en el reducido espacio de primera clase, donde nos reuníamos a todas horas en el comedor, en el salón y en el salón de fumadores! Podría ser ese señor... o ese otro..., mi vecino de mesa, mi compañero de camarote...

—¡Y esto durará todavía cinco días más! —protestaba a la mañana siguiente miss Nelly Underdown—. ¡Pues es intolerable! Espero que lo detengan—. Y dirigiéndose a mí, añadió—: Veamos, usted, señor d'Andrésy, que se lleva tan bien con el comandante, ¿no sabe nada?

¡Ya querría saber algo para gustar a miss Nelly! Miss Nelly Underdown era una de esas mujeres magníficas que estén donde estén destacan de inmediato. Su belleza, tanto como su fortuna, deslumbraban. Ambas tenían una corte de fervorosos devotos y admiradores.

Miss Nelly, educada en París por una madre francesa, iba a reunirse con su padre, el riquísimo Underdown de Chicago. Una de sus amigas, lady Jerland, viajaba con ella.

Presenté mi candidatura al flirteo desde el primer momento. Pero, con la acelerada intimidad del viaje, su encanto me trastornó inmediatamente y, cuando sus ojos grandes y negros se cruzaban con los míos, me emocionaba demasiado para coquetear. De todos modos, a miss Nelly le agradaban mis detalles. Se dignaba a reír mis ocurrencias y le interesaban mis anécdotas. La señorita respondía con cierta simpatía a mi interés.

Puede que un rival sí me preocupara, uno muy apuesto, elegante y reservado, con un carácter taciturno que miss Nelly parecía preferir, algunas veces, a mis modales más «inapropiados» de parisiense.

Precisamente ese hombre estaba con el grupo de admiradores que rodeaba a miss Nelly cuando me preguntó sobre lo que ocurría. Estábamos en cubierta, cómodamente sentados en unas mecedoras. La tormenta de la víspera había aclarado el cielo. El momento era delicioso.

—No sé nada concreto, señorita —le respondí—, pero nosotros podríamos llevar a cabo nuestra propia investigación tan bien como el viejo Ganimard, el enemigo personal de Arsène Lupin.

—¡Dios mío! ¡Va usted muy lejos!

—¿Y por qué? ¿Tan complicado le parece el asunto?

—Sí, muy complicado.

—Se olvida usted de las pistas que tenemos para resolverlo.

—¿Qué pistas?

—Primera, Lupin se hace llamar señor R...

—Un dato algo impreciso.

—Segunda, viaja solo.

—Si le basta con esa peculiaridad...

—Tercera, es rubio.

—¿Y entonces?

—Entonces, únicamente tenemos que consultar la lista de pasajeros e ir eliminando a los que no se correspondan. —Yo tenía la lista en el bolsillo. La saqué y la repasé—. En primer lugar, solo hay trece personas con la inicial «R».

—¿Solo trece?

—En primera clase sí. De esos trece señores R..., como ustedes pueden comprobar, nueve viajan acompañados de mujeres, hijos o criados. Quedan cuatro personas solas: el marqués de Raverdan...

—Es el secretario de la embajada —interrumpió miss Nelly—. Lo conozco.

—El mayor Rawson...

—Es mi tío —dijo alguien.

—El señor Rivolta...

—Presente —gritó uno de nosotros, un italiano con una barba de un bonito color negro que casi le ocultaba la cara.

Miss Nelly estalló en carcajadas.

—Señor, usted no es precisamente rubio.

—Entonces —continué—, llegamos a la conclusión de que el culpable es el último de la lista.

—¿Y quién es?

—¿Quién es? El señor Rozaine. ¿Alguien conoce al señor Rozaine?

Nos callamos todos. Pero miss Nelly se dirigió al joven taciturno que a mí me atormentaba porque siempre estaba junto a ella y le dijo:

—Y bien, señor Rozaine, ¿no responde usted?

Lo miramos. Era rubio.

Confieso que en mi fuero interno la situación me impactó un poco. Y el silencio incómodo que envolvió al grupo me indicó que los demás también sentían una especie de sofoco. Por otra parte, era absurdo, porque en definitiva no había nada en el aspecto de ese caballero que nos permitiera sospechar de él.

—No respondo —dijo— porque, por mi nombre, mi condición de viajero solitario y el color de mi pelo, ya había hecho yo una reflexión parecida y llegado a la misma conclusión. Así que, creo que deben detenerme.

Cuando pronunció estas palabras tenía un gesto extraño. Los labios finos como dos líneas rígidas se le atenuaron aún más y palidecieron. Unos hilillos de sangre le enrojecieron los ojos.

Era evidente que bromeaba. A pesar de todo, su fisonomía y su actitud nos impresionaron. Miss Nelly preguntó ingenuamente:

—Pero ¿tiene usted alguna herida?

—Es cierto —dijo—, no, me falta la herida.

Con un gesto nervioso se subió la manga y enseñó el brazo. Y de inmediato me di cuenta de un detalle. Mis ojos se cruzaron con los de miss Nelly: había enseñado el brazo izquierdo.

Y, bueno, estaba a punto de decirlo, cuando ocurrió algo que desvió nuestra atención. Lady Jerland, la amiga de miss Nelly, llegó corriendo.

Estaba muy alterada. Todos fuimos a atenderla y solo después de muchos esfuerzos consiguió balbucear:

—¡Mis joyas, mis perlas! ¡Se lo han llevado todo!

No, como supimos más tarde, no se lo habían llevado todo, curiosamente, ¡habían hecho una selección de las joyas!

De la estrella de diamantes, del colgante de cabujones de rubí, de los collares y de las pulseras rotas, no se llevaron ni mucho menos las piedras más gruesas sino las más finas, las más preciosas, las que parecían tener más valor y ocupaban menos espacio. Dejaron las monturas tiradas encima de la mesa. Yo las vi, todos las vimos, sin sus tesoros, igual que unas flores a las que les hubieran arrancado sus pétalos preciosos y coloridos.

¡Y para llevar a cabo ese trabajo mientras lady Jerland tomaba el té, habían tenido que forzar la puerta del camarote, encontrar una bolsita escondida intencionadamente en el fondo de una sombrerera, abrirla, elegir las piedras, y todo a plena luz del día y en un pasillo muy transitado!

Cuando nos enteramos del robo, solo se escuchó una voz entre nosotros. La opinión de los pasajeros fue unánime: había sido Arsène Lupin. Y, de hecho, ese era claramente su estilo enrevesado, misterioso e inconcebible..., pero también lógico, porque, aunque era complicado esconder un voluminoso montón de joyas juntas, resultaba mucho más fácil ocultar las perlas, esmeraldas y zafiros por separado.

Durante la cena, ocurrió lo siguiente: a derecha e izquierda de Rozaine, los dos sitios permanecieron vacíos. Y por la noche supimos que el comandante lo había citado.

Su detención, que nadie cuestionó, causó un auténtico alivio. Por fin respirábamos tranquilos. Aquella noche participamos en algunos jueguecillos y bailamos. Miss Nelly sobre todo estuvo sorprendentemente alegre y eso me dio a entender que, aunque los detalles de Rozaine podían haberle agradado al principio, ya casi no los recordaba. Su encanto terminó de conquistarme. Hacia media noche, bajo la serena claridad de la luna, le declaré mi afecto con una emoción que no pareció disgustarle.

Sin embargo, al día siguiente, consternados, supimos que las pruebas contra Rozaine no eran suficientes, quedaba libre.

Rozaine, hijo de un conocido comerciante de Burdeos, había presentado su documentación en perfecta regla. Además, no tenía ninguna herida en los brazos.

—¡Documentación! ¡Partidas de nacimiento! —protestaron los enemigos de Rozaine—, ¡Arsène Lupin conseguiría todos los documentos que quisiera! Y la herida, pues o no la sufrió... o la hizo desaparecer.

A estos se les decía que, a la hora del robo, Rozaine estaba paseando por cubierta, y eso estaba demostrado. Entonces respondieron:

—Un hombre con la entereza de Arsène Lupin no necesita participar en un robo para cometerlo, ¿no es así?

Y, además, al margen de cualquier consideración extraña, había unos datos que ni los más escépticos podían refutar. ¿Quién, salvo Rozaine, viajaba solo, era rubio y su nombre empezaba por R? ¿A quién señalaba el telegrama si no era a Rozaine?

Y cuando Rozaine, minutos antes del almuerzo, se atrevió a acercarse a nuestro grupo, miss Nelly y lady Jerland se levantaron y se apartaron.

Efectivamente, era miedo.

Una hora más tarde, una circular manuscrita pasaba de mano en mano entre los trabajadores de a bordo, los marineros y los viajeros de todas las clases: el señor Louis Rozaine ofrecía diez mil francos a la persona que descubriera quién era Arsène Lupin o encontrara a quien tuviera las joyas robadas.

—Y si nadie acude en mi ayuda contra ese bandido —aseguró Rozaine al comandante—, yo, yo solo, tendré que hacer su trabajo.

Rozaine contra Arsène Lupin o, mejor dicho, según lo que corría por el barco, Arsène Lupin, él mismo, contra Arsène Lupin, ¡la pelea parecía interesante!

Y esa situación duró dos días.

Se vio a Rozaine deambular de un lado a otro, mezclarse con el personal, preguntar a los pasajeros y husmear por el barco. Por la noche, se distinguía su sombra merodeando.

También el comandante desplegó una frenética actividad. Mandó inspeccionar el Provence de arriba abajo y por todos los rincones. Registraron los camarotes, sin excepción, con el pretexto muy razonable de que las joyas estarían escondidas en cualquier sitio menos en el camarote del culpable.

—Acabarán descubriendo algo, ¿verdad? —me preguntaba miss Nelly—. Por muy genio que sea, no puede hacer que los diamantes y las perlas se vuelvan invisibles.

—Pues claro que sí —le respondí—, pero entonces habría que registrar el forro de los sombreros, el dobladillo de las chaquetas y todo lo que llevemos encima. —Le enseñé mi Kodak, una 9×12 con la que no me cansaba de fotografiarla en las poses más diversas—: ¿No cree usted que solo en una cámara de este tamaño habría espacio para todas las joyas de lady Jerland? Finges unas tomas y listo.

—Pero he oído decir que no hay un solo ladrón que no deje alguna pista.

—Sí, hay uno: Arsène Lupin.

—¿Y por qué?

—¿Por qué? Porque no piensa únicamente en el robo, sino también en todas las circunstancias que podrían delatarlo.

—Al principio usted tenía más confianza.

—Pero después he visto su trabajo.

—¿Y qué piensa ahora?

—Creo que estamos perdiendo el tiempo.

Y, de hecho, las investigaciones no daban ningún resultado o, al menos, los que dieron no se correspondían con el esfuerzo general: al comandante le robaron el reloj.

El comandante, furioso, se empeñó el doble, vigiló a Rozaine de más cerca aún y mantuvo varias conversaciones con él. Al día siguiente, graciosa ironía, el reloj apareció en el falso cuello del segundo de a bordo.

Todo aquello parecía increíble y revelaba muy bien el estilo cómico de Arsène Lupin, ladrón, de acuerdo, pero diletante también. Trabajaba por gusto y por vocación, desde luego, pero también por divertirse. Daba la impresión de ser un caballero que se entretiene dirigiendo una obra de teatro y, entre bambalinas, ríe a mandíbula batiente de sus ocurrencias y de las situaciones que crea.

En definitiva, Lupin era un artista en su género, y cuando yo observaba a Rozaine, sombrío y tenaz, y pensaba en el doble papel que probablemente asumía ese curioso personaje, solo podía hablar de él con cierta admiración.

La penúltima noche, el oficial de guardia oyó unos quejidos en el lugar más oscuro de cubierta. Se acercó. Había un hombre tendido con la cabeza envuelta en una bufanda gris muy gruesa y las muñecas atadas con una cuerda muy fina.

Lo liberaron de las ligaduras. Lo levantaron y lo atendieron.

Aquel hombre era Rozaine.

Era Rozaine, lo habían asaltado, abatido y robado durante una de sus expediciones. Una tarjeta prendida con un alfiler en su ropa tenía escritas estas palabras: «Arsène Lupin acepta agradecido los diez mil francos del señor Rozaine».

Lo cierto es que en la cartera robada había veinte mil francos.

Naturalmente, acusamos al desgraciado de fingir un ataque contra sí mismo. Pero, además de que le habría sido imposible atarse de aquella manera, quedó comprobado que la letra de la tarjeta era completamente diferente de la de Rozaine y, al contrario, se parecía, hasta confundirse, a la de Arsène Lupin, tal y como la reproducía un periódico viejo que encontramos a bordo.

Así que Rozaine ya no era Arsène Lupin. ¡Rozaine era Rozaine, el hijo de un comerciante de Burdeos! Y la presencia de Arsène Lupin se confirmaba una vez más ¡y de qué manera tan terrible!

Cundió el pánico. No nos atrevíamos a quedarnos a solas en el camarote y mucho menos a ir solos por lugares demasiado aislados del barco. Nos reuníamos prudentemente con las personas con las que nos sentíamos seguros. Y, aun así, un recelo instintivo enfrentaba a los más íntimos. Porque la amenaza ya no procedía de un individuo aislado y por lo tanto menos peligroso. Entonces, Arsène Lupin era..., era todo el mundo. Nuestras exaltadas imaginaciones le atribuían un poder asombroso e ilimitado. Le creíamos capaz de usar los disfraces más imprevistos y de ser sucesivamente el respetable mayor Rawson o el noble marqués de Raverdan o incluso cualquier persona conocida, con mujer, hijos y criados, porque ya ni teníamos en cuenta la inicial acusadora.

Los primeros telegramas no proporcionaron ninguna noticia. Al menos el comandante no informó de nada y semejante silencio tampoco era para tranquilizarnos.

El último día pareció interminable. Vivíamos angustiados esperando cualquier desgracia. Y esta vez no sería un robo, no sería una simple agresión, sería un crimen, un asesinato. No podíamos aceptar que Arsène Lupin se contentara con esos dos insignificantes botines. Dueño absoluto del barco, y frente a la impotencia de las autoridades, Lupin solo tenía que querer, todo le estaba permitido, era el dueño de nuestras propiedades y de nuestras vidas.

Pero confieso que aquellas horas fueron fantásticas para mí, porque me gané la confianza de miss Nelly. La señorita Underdown era de naturaleza inquieta y tantos acontecimientos la habían impresionado, así que buscó instintivamente que yo la protegiera, le diera seguridad, y yo lo hacía encantado.

En el fondo, bendecía a Arsène Lupin. Él nos estaba uniendo. Y gracias a él yo podía dejarme llevar por agradables fantasías. Fantasías de amor y fantasías menos quiméricas, ¿por qué no confesarlo? Los Andrésy son de buen abolengo poitevino, pero su escudo está algo deslucido y no me parece indigno de un caballero soñar con devolver el lustre perdido a su nombre.

Y sentía que a miss Nelly no le disgustaban esas fantasías. Sus ojos risueños me las alentaban. La dulzura de su voz me daba esperanzas.

Y estuvimos juntos, apoyados en la borda, hasta el último momento, mientras el perfil de la costa americana navegaba hacia nosotros.

Se habían interrumpido los registros. Estábamos a la espera. Todos los pasajeros, desde los de primera clase hasta los de entrecubierta —un hervidero de emigrantes— estábamos esperando el momento culminante en que al fin se resolviera aquel misterio sin solución. ¿Quién era Arsène Lupin? ¿Con qué nombre, con qué máscara se ocultaba el famoso Arsène Lupin?

Y el momento culminante llegó. Aunque pudiera vivir cien años, no olvidaría ni el más ínfimo detalle de lo que ocurrió.

—Qué pálida está, miss Nelly —dije a mi amiga, que se apoyaba en mi brazo, alicaída.

—¡Y usted! —me respondió—. ¡Ay, está tan cambiado!

—¡Imagine! Este momento es apasionante y me siento feliz de vivirlo junto a usted, miss Nelly. Me parece que su recuerdo tardará en irse algún tiempo…

Miss Nelly no me escuchaba, estaba sin aliento, frenética. Bajaron la pasarela. Pero antes de que pudiéramos cruzarla, unas personas subieron a bordo, agentes de aduanas, hombres de uniforme y unos carteros.

Mis Nelly dijo balbuceando:

—No me sorprendería que descubrieran que Arsène Lupin se escapó durante la travesía.

—Quizá prefirió la muerte a la deshonra y lanzarse al Atlántico antes de dejar que lo detengan.

—No se burle —dijo miss Nelly, molesta.

De pronto, me estremecí y cuando ella me preguntó qué me ocurría, le dije:

—¿Ve usted a ese viejo hombrecillo de pie en el extremo de la pasarela?

—¿Con un paraguas y un redingote de color verde oliva?

—Es Ganimard.

—¿Ganimard?

—Sí, el famoso policía, el que juró detener a Arsène Lupin personalmente. ¡Bueno! Ahora entiendo por qué no hemos tenido noticias de este lado del Atlántico. Ganimard andaba por medio. No le gusta que nadie se entrometa en sus asuntillos.

—Entonces, ¿seguro que pillará a Arsène Lupin?

—¿Quién sabe? Parece ser que Ganimard solo lo ha visto caracterizado y disfrazado. A no ser que conozca su identidad falsa...

—¡Ay! —dijo Nelly con esa curiosidad un poco cruel de las mujeres— ¡Ojalá pudiera ver cómo lo detiene!

—Vamos a esperar. Indudablemente, Arsène Lupin se habrá dado cuenta de que el enemigo está aquí, así que preferirá salir de los últimos, cuando el viejo ya tenga la vista cansada.

Empezó el desembarco. Ganimard, apoyado en el paraguas, con aire indiferente, no parecía prestar atención a los pasajeros que se apresuraban por la pasarela. Yo me fijé en que un oficial de a bordo, detrás de él, le informaba de vez en cuando.

Desfilaron el marqués de Raverdan, el mayor Rawson, el italiano Rivolta y más, y muchos más... Y a lo lejos vi que Rozaine se acercaba.

¡Pobre Rozaine! ¡No parecía repuesto de sus desgracias!

—A lo mejor, a pesar de todo, es él —me dijo miss Nelly—. ¿Usted qué cree?

—Pues creo que sería muy interesante tener una fotografía de Ganimard y Rozaine juntos. Tenga mi máquina que yo voy muy cargado.

Y se la di, pero demasiado tarde para que hiciera la foto. Rozaine ya pasaba por delante del inspector. El oficial de a bordo se inclinó y dijo algo al oído a Ganimard, este se encogió ligeramente de hombros y Rozaine pasó.

Pero, Dios mío, ¿quién era Arsène Lupin?

—Sí —dijo Nelly en voz alta—, ¿quién es?

Ya solo quedaban veinte personas. Miss Nelly las observaba una a una, con el confuso temor de que Lupin no estuviera entre esas veinte personas.

—No podemos esperar más —le dije.

Ella echó a andar y yo la seguí. Pero no habíamos avanzado ni diez metros cuando Ganimard nos cerró el paso.

—Pero bueno, ¿qué pasa? —grité.

—Un momento, señor, ¿qué prisa tiene?

—Acompaño a la señorita.

—Un momento —repitió con un tono más autoritario. Me examinó de arriba abajo y luego me dijo mirándome a los ojos—: Arsène Lupin, ¿no es así?

Yo me eché a reír.

—No, soy Bernard d'Andrésy, así de simple.

—Bernard d'Andrésy murió hace tres años en Macedonia.

—Si Bernard d'Andrésy estuviera muerto, yo ya no estaría en este mundo. Y ese no es el caso. Aquí tiene mi documentación.

—Esa es la documentación de Andrésy. Y con mucho gusto le explicaré cómo la consiguió usted.

—¡Pero usted está loco! El nombre con el que embarcó Arsène Lupin empezaba por R.

—Sí, otro de sus trucos, ¡una pista falsa sobre la que lanzó a todo el mundo en el barco! Amigo mío, tiene usted mucho talento. Pero esta vez le ha cambiado la suerte. Vamos, Lupin, sea buen jugador.

Yo titubeé un segundo, pero Ganimard me dio un golpe seco en el antebrazo derecho. Solté un grito de dolor. Me había golpeado en la herida aún mal cerrada que mencionaba el telegrama.

Bueno, había que resignarse. Me volví hacia miss Nelly, que nos escuchaba lívida y aturdida.

Su mirada se cruzó con la mía y luego miró la Kodak. Hizo un gesto brusco y tuve la sensación, no, estuve seguro de que de pronto lo había comprendido todo. Sí, ahí estaban, entre las estrechas paredes de piel de zapa negra, en el hueco del pequeño objeto que tuve la precaución de entregarle antes de que Ganimard me detuviera, sí, ahí estaban los veinte mil francos de Rozaine, las perlas y los diamantes de lady Jerland.

¡Oh! Lo juro, en ese momento tan serio, mientras Ganimard y dos de sus esbirros me rodeaban, todo me daba igual, la detención, la hostilidad de la gente, todo salvo qué iba a hacer mis Nelly con la Kodak.

Ni siquiera me preocupaba que existiese una prueba material y decisiva contra mí, pero, ¿entregaría miss Nelly esa prueba?

¿Me traicionaría? ¿Me destruiría? ¿Actuaría como una enemiga que no perdona o como una mujer que recuerda y dulcifica su depreció con un poco de indulgencia y con un poco de compasión involuntaria?

Miss Nelly pasó por delante de mí. Me despedí de ella en voz muy baja, sin añadir una palabra. Iba hacia la pasarela, mezclada entre los demás viajeros, con la Kodak en la mano.

«Seguramente —pensé— no se atreve a entregarla en público. Dentro de una hora o en un instante la entregará.»

Pero cuando llegó a mitad de la pasarela, fingió torpemente un movimiento y tiró la cámara al agua, entre la pared del muelle y el costado del buque.

Luego la vi alejarse.

Su hermosa figura se perdió entre el gentío, apareció de nuevo y volvió a desaparecer. Aquello se había acabado, se había acabado para siempre.

Me quedé quieto un rato, triste y a la vez muy emocionado, luego suspiré para gran sorpresa de Ganimard:

—En fin, es una lástima no ser un hombre honrado...

* * *

Así fue como Arsène Lupin, una tarde de invierno, me contó la historia de su detención. Las casualidades de la vida, que algún día relataré, nos llevaron a iniciar una relación... yo diría ¿de amistad? Sí, me atrevo a creer que Arsène Lupin es en cierto modo mi amigo, y por esa amistad llega algunas veces a mi casa de improviso y trae, al silencio de mi despacho, su alegría juvenil, la luz de su intensa vida y el buen humor de un hombre al que la suerte le favorece y le sonríe.

¿Su retrato? ¿Cómo podría describirlo? Si he visto veinte veces a Arsène Lupin, las veinte era una persona diferente... o, mejor dicho, era la misma persona, pero como vista a través de veinte espejos que reflejan otras tantas imágenes distorsionadas de él, pero cada una con sus ojos peculiares, la forma especial de su cara, su gesto propio, su perfil y su carácter.

—Yo mismo —me dice— ya no sé muy bien quién soy. No me reconozco en un espejo. —Una broma, desde luego, y una contradicción, pero una verdad para los que se lo cruzan en la vida y no conocen sus recursos infinitos, su paciencia, su arte para el maquillaje, su extraordinaria capacidad para transformar hasta las proporciones de su cara y de alterar la propia relación de sus rasgos—. ¿Por qué —continúa— debería tener un aspecto definido? ¿Por qué no iba a evitar el peligro de ser siempre la misma persona? Mis hechos ya me representan lo suficiente. —Y añade con una pizca de orgullo—: Es mucho mejor para mí que nadie pueda decir con toda seguridad: este es Arsène Lupin. Lo principal es que digan sin miedo al equívoco: esto lo ha hecho Arsène Lupin.

Yo intento reconstruir alguna de sus hazañas y algunas de sus aventuras a través de las confidencias que tiene la generosidad de compartir conmigo algunas tardes de invierno en el silencio de mi despacho...

2

ARSÈNE LUPIN EN LA CÁRCEL

No hay un turista digno de ese nombre que conozca la ribera del Sena y no se haya fijado, yendo desde las ruinas de Jumièges a las ruinas de Saint-Wandrille, en el pequeño y singular castillo feudal de Malaquis, tan orgullosamente plantado en una roca, en mitad del río. El arco de un puente lo une a la carretera. La base de sus torrecillas sombrías se confunde con el granito que lo sostiene, un bloque que alguna formidable convulsión arrancó de no se sabe qué montaña y lo lanzó allí. A su alrededor, el agua tranquila del río enorme juega entre los juncos y las lavanderas tiemblan en las crestas húmedas de los guijarros.

La historia del castillo de Malaquis es dura como su nombre y hosca como su silueta. Allí solo hubo combates, asedios, asaltos, rapiñas y matanzas. Durante las veladas, los lugareños del país de Caux recuerdan temblando los crímenes que allí se cometieron. Cuentan misteriosas leyendas y hablan del famoso subterráneo que antiguamente unía el castillo con la abadía de Jumièges y la casona de Agnès Sorel, la hermosa amante de Carlos VII.

En ese antiguo refugio de héroes y bandidos vive el barón Nathan Cahorn, el barón Satán, como se le llamaba en otros tiempos en la Bolsa de París, donde se enriqueció quizá demasiado rápido. Los señores de

Malaquis, arruinados, tuvieron que venderle el hogar de sus antepasados por un trozo de pan. El barón instaló en el castillo sus admirables colecciones de muebles y cuadros, de cerámica y de madera tallada. Allí vive él solo con tres viejos criados. Nadie entra jamás a su casa. Jamás nadie ha contemplado en los salones llenos de antigüedades sus tres Rubens, los dos Watteau, la silla de Jean Goujon y otras muchas maravillas arrancadas a golpe de billetes a los asiduos más ricos de las subastas.

Y es que el barón Satán tiene miedo. Pero el barón no tiene miedo por él, sino por los tesoros que acumula con una pasión tenaz y el ojo de un aficionado al que ni el más listo de los marchantes puede presumir de haber engañado. El barón ama sus tesoros. Y los ama con la codicia de un avaro y los celos de un enamorado.

Todos los días, al caer el sol, se cierran con llave las cuatro puertas reforzadas de hierro que protegen los dos extremos del puente y las entradas al patio de honor. Al menor golpe, unos timbres eléctricos vibran en silencio. Del lado del Sena, nada que temer: allí la roca se levanta en vertical.

Ahora bien, un viernes de septiembre, el cartero se presentó como de costumbre en la cabecera del puente. Y, como era habitual, el barón entreabrió un poco la pesada puerta.

Examinó al cartero tan minuciosamente como si no lo conociera desde hacía años, con esa cara tan bondadosa y alegre y esos ojos socarrones de campesino, y entonces, el hombre le dijo riendo:

—Que soy yo, señor barón, yo, como siempre. No soy otro que me ha robado la bata y la gorra.

—Nunca se sabe —murmuró Cahorn.

El cartero le entregó un montón de periódicos y luego añadió:

—Y ahora, señor barón, hay novedades.

—¿Novedades?

—Una carta... y, además, certificada.

El barón vivía aislado, no tenía amigos ni nadie que se preocupara por él, así que nunca recibía correspondencia, por eso aquella novedad le pareció inmediatamente un mal presagio y un motivo de preocupación. ¿Quién le habría enviado aquella misteriosa carta a su retiro?

—Tiene que firmar, señor barón.

Firmó refunfuñando. Luego, cogió la carta y esperó a que el cartero desapareciese por la curva de la carretera, dio unas vueltas de un lado a otro, se apoyó en el antepecho del puente y abrió el sobre. Dentro había una hoja de papel cuadriculado con este encabezamiento: «Prisión de la Santé, París». Miró la firma: «Arsène Lupin». Y el conde, sorprendido, leyó:

> Señor barón:
>
> En la galería que comunica sus dos salones hay un cuadro de Philippe de Champaigne de extraordinaria factura que me encanta. También me gustan los Rubens y el cuadrito de Watteau. En el salón de la derecha, anoto la consola Luis XIII, los tapices de Beauvais, el velador estilo Imperio firmado por Jacob y el aparador renacentista. En el de la izquierda, la vitrina con todas las joyas y miniaturas que tiene dentro.
>
> Por esta vez, me limitaré a esos objetos que serán, creo yo, de fácil venta. Así pues, le ruego que los mande embalar adecuadamente y los envíe a mi nombre (a portes pagados) a la estación de Batignolles, antes de ocho días, de lo contrario, yo mismo me encargaré de trasladarlos la noche del miércoles 27 al jueves 28 de septiembre. Y, como es razonable, no me llevaré solo los objetos que indico más arriba.
>
> Le ruego disculpe las pequeñas molestias que le causo y acepte mis más respetuosos saludos. Atentamente,
>
> Arsène Lupin
>
> P. S. Ante todo, no me envíe el Watteau grande. Aunque usted pagó treinta mil francos en la subasta, es una copia, Barras quemó el original durante el Directorio, en una noche de orgía. Consulte las *Mémoires* inéditas de Garat.
>
> Tampoco me interesa la cadena de señora con colgantes Luis XV, de dudosa autenticidad.

La carta dejó conmocionado al barón de Cahorn. Si hubiera sido de cualquier otra persona ya se habría asustado, ¡pero de Arsène Lupin!

El barón era un lector asiduo de periódicos, estaba al corriente de todo lo que ocurría en el mundo sobre robos y crímenes y conocía las hazañas del maldito ladrón. Sabía con seguridad que Lupin estaba en la cárcel, lo había detenido su archienemigo Ganimard en América, y que el proceso abierto se instruía con muchas dificultades. Pero también sabía el barón que Arsène Lupin era capaz de todo. De hecho, el conocimiento exacto que tenía del castillo y de la situación de los cuadros y de los muebles era muy mala señal. ¿Quién podría haberle informado de algo que no había visto nadie?

El barón levantó la mirada y contempló la silueta arisca del castillo de Malaquis, su pedestal abrupto, el agua profunda que lo rodeaba y se encogió de hombros. No, decididamente, no había ningún peligro. Nadie en el mudo podría entrar en el santuario inviolable de sus colecciones de arte.

Nadie, completamente de acuerdo, pero ¿y Arsène Lupin? ¿Existen puertas, puentes levadizos o murallas para Arsène Lupin? ¿De qué sirven los obstáculos más ingeniosos y las precauciones más hábiles si Arsène Lupin ha decidido alcanzar un objetivo?

Esa misma noche, el barón escribió al fiscal de la República del distrito de Ruan. Le enviaba la carta con las amenazas y le pedía ayuda y protección.

La respuesta no tardó en llegar: el llamado Arsène Lupin está actualmente detenido en la Santé, vigilado muy de cerca y sin posibilidad de escribir, la carta solo podía ser de un impostor. Todo lo señalaba, tanto la lógica y el sentido común, como la realidad de los hechos. Sin embargo, y por exceso de celo, se había nombrado a un perito para que examinara la letra y el perito había declarado que, «pese a ciertas similitudes» la letra no era la del detenido.

«Pese a ciertas similitudes», el barón solo se quedó con esas tres palabras aterradoras; para él significaban que existía una duda, por lo tanto, un motivo suficiente para que hubiera intervenido la justicia. Sus temores se intensificaban. No dejaba de leer la carta. «Yo mismo me encargaré de trasladarlos». Y la fecha concreta: ¡la noche del miércoles 27 al jueves 28 de septiembre!…

Cahorn, suspicaz y taciturno, no se atrevió a confiar en sus criados, cuya fidelidad no le parecía fuera de toda duda. Sin embargo, por primera vez desde hacía años, sentía la necesidad de hablar y de pedir consejo. La justicia de su país lo había abandonado, ya no esperaba poder defenderse con sus propios medios, así que estuvo a punto de ir a París y suplicar ayuda a algún antiguo policía.

Transcurrieron dos días. El tercero, cuando estaba leyendo los periódicos, dio un salto de alegría. *Le Réveil de Caudebec* publicaba la siguiente noticia:

> Tenemos el placer de contar entre nosotros, desde hace casi tres semanas, al inspector principal Ganimard, un veterano de la Dirección de la Seguridad General. El señor Ganimard, cuya última hazaña, el arresto de Arsène Lupin, le valió el reconocimiento de toda Europa, descansa de sus duras fatigas pescando mújoles con caña.

¡Ganimard! ¡Él era la ayuda que estaba buscando el barón de Cahorn! ¿Quién mejor que el astuto y paciente Ganimard podría desbaratar los planes de Lupin?

El barón no lo dudó. Seis kilómetros separaban el castillo del pueblecito de Caudebec. Los recorrió a paso ligero, como impulsado por la esperanza de su salvación.

Tras varios intentos frustrados de dar con la dirección del inspector principal, se dirigió a las oficinas del *Réveil,* situadas en medio del muelle. Allí estaba el redactor de la noticia, y este se acercó a la ventana y dijo en voz alta:

—¿Ganimard? Seguro que lo encuentra en el muelle con la caña de pescar en la mano. Ahí nos conocimos, cuando leí por casualidad su nombre grabado en la caña. Mire, ese viejecito de allí, el que está debajo de los árboles del paseo.

—¿Con un redingote y un sombrero de paja?

—¡Exacto! Desde luego, es un tipo curioso, no muy hablador y más bien huraño.

Cinco minutos después, el barón abordaba al famoso Ganimard, se presentaba e intentaba entablar conversación con él. Como no lo consiguió, le habló francamente y le explicó la situación.

El otro lo escuchó sin moverse y sin perder de vista el pez que acechaba, luego se volvió hacia el barón, lo miró de arriba abajo con una expresión de profunda lástima y le dijo:

—Señor, no suele ser muy habitual avisar a las personas a las que se pretende robar. Y Arsène Lupin..., él no cometería semejante error.

—Pero...

—Señor, si tuviera la más mínima duda, crea sinceramente que el placer de volver a entrometerme en los asuntos de mi querido Lupin ganaría frente a todo lo demás. Por desgracia, ese chico está entre rejas.

—¿Y si se escapara?...

—Nadie se escapa de la Santé.

—¿Ni siquiera él?...

—Ni él ni nadie.

—Pero...

—Bien, pues si se escapa, mucho mejor para mí, porque volveré a pillarlo. Mientras tanto, duerma tranquilo y no me espante al mújol.

Se había terminado la conversación. El barón, al ver tan seguro a Ganimard, regresó a su casa un poco más tranquilo. Allí comprobó las cerraduras, espió a los criados y durante las siguientes cuarenta y ocho horas casi llegó a convencerse de que, al fin y al cabo, sus temores no eran reales. No, definitivamente, como le había dicho Ganimard, si piensas robar a una persona, no la avisas.

Se acercaba el día señalado. Durante la mañana del martes, víspera del 27, no ocurrió nada de particular. Pero a las tres de la tarde, un chico tocó el timbre. Llevaba un telegrama para el barón.

> No ha llegado ningún paquete a la estación de Batignolles. Prepare todo para la noche de mañana. Arsène.

Otra vez le entró el pánico al barón, hasta tal punto que pensó en ceder a las exigencias de Arsène Lupin.

El barón corrió a Caudebec. Ganimard estaba pescando en el mismo lugar, sentado en una silla plegable. Sin decir ni una palabra, Cahorn le entregó el telegrama.

—¿Y qué?

—¿Y qué? ¡Es mañana!

—¿Qué?

—¡El robo! ¡El saqueo de mis colecciones!

Ganimard dejó la caña, se volvió hacia el barón y, con los brazos cruzados a la altura del pecho, gritó impaciente:

—¡Pero bueno! ¡Usted cree que yo voy a ocuparme de un asunto tan estúpido!

—¿Qué compensación quiere por pasar la noche del 27 al 28 de septiembre en el castillo?

—Ni un céntimo, déjeme en paz.

—Fije un precio, soy rico, soy inmensamente rico.

La brusquedad de la oferta desconcertó a Ganimard, que dijo ya más tranquilo:

—Estoy aquí de vacaciones y no tengo autorización para involucrarme...

—Nadie lo sabrá. Yo me comprometo a guardar silencio pase lo que pase.

—¡Dios mío! No pasará nada.

—Pues bien, veamos, ¿tres mil francos serán suficientes?

El inspector aspiró un poco de rapé, reflexionó y soltó:

—De acuerdo. Pero antes tengo que decirle honestamente que es un dinero tirado por la ventana.

—Me importa un bledo.

—En ese caso... Además, ¡nunca se sabe con ese maldito Lupin! Debe de tener a sus órdenes a toda una banda... ¿Confía usted en sus criados?

—La verdad...

—Entonces, no contaremos con ellos. Mandaré un telegrama a dos hombretones amigos míos que nos darán más seguridad... Y ahora, lárguese, que no nos vean juntos. Hasta mañana hacia las nueve de la noche.

Al día siguiente, la fecha fijada por Arsène Lupin, el barón de Cahorn descolgó la colección de armas, las dejó preparadas y dio un paseo por los alrededores del castillo. No vio nada sospechoso.

Por la noche, a las ocho y media, despidió a los criados.

El servicio vivía en un ala cuya fachada daba a la carretera, pero un poco apartada y en un extremo del castillo. Cuando se quedó solo, abrió despacio las cuatro puertas. Al cabo de un rato, oyó unos pasos que se acercaban.

Ganimard presentó al barón a sus dos ayudantes, unos muchachos grandes y robustos, con cuello de toro y manos fuertes, y luego le pidió ciertas explicaciones. Después de informarse de la disposición del castillo, cerró con cuidado y bloqueó todas las entradas por las que se pudiera acceder a los salones amenazados. Examinó las paredes, levantó los tapices y, por último, colocó a sus agentes en la galería central.

—Sin tonterías, ¿eh? No hemos venido aquí a dormir. A la menor señal de alarma, abrís las ventanas del patio y me llamáis. Tened cuidado también por el lado del agua. Diez metros de acantilado vertical no detienen a personajes como ese demonio de Lupin. —Los dejó allí encerrados, se llevó las llaves y le dijo al barón—: Y ahora a nuestros puestos. —Ganimard, para pasar la noche en el castillo, había elegido una habitación pequeña, abierta en el grueso de la pared de la muralla entre las dos puertas principales, que antiguamente había sido la garita del vigilante. Una mirilla se abría al puente y otra al patio. En una esquina se veía como el orificio de un pozo—. Me dijo usted, señor barón, que este pozo es la única salida de los subterráneos y que desde tiempos inmemoriales está embozada, ¿es así?

—Sí.

—Entonces, si no existe alguna otra entrada que nadie conozca, salvo Arsène Lupin, lo cual sería un problema, podemos estar tranquilos. —Ganimard alineó tres sillas, se tumbó cómodamente, encendió la pipa y suspiró—. Realmente, señor barón, debo de tener muchas ganas de añadir una planta a la casita donde pienso acabar mis días para aceptar un trabajo tan elemental. Le contaré la historia al amigo de Lupin, se desternillará de risa.

Al barón no le hacía tanta gracia. Con el oído atento, escuchaba el silencio cada vez más nervioso. De vez en cuando, se inclinaba sobre el pozo y echaba una mirada ansiosa por el agujero enorme.

Sonaron las once de la noche, las doce y la una.

De pronto, el barón agarró del brazo a Ganimard, que se despertó sobresaltado.

—¿Oye usted?

—Sí.

—¿Qué es eso?
—Soy yo que ronco.
—No, escuche...
—¡Ah!, claro, es la bocina de un automóvil.
—¿Entonces?
—Entonces es poco probable que Lupin utilice un automóvil a modo de ariete para demoler su castillo. Así que, señor barón, yo en su lugar intentaría dormir..., como voy a tener el gusto de volver a hacer yo. Buenas noches.

Esa fue la única alerta. Ganimard pudo reanudar su sueño interrumpido y el barón solo escuchó sus ronquidos sonoros y regulares.

Al despuntar el alba salieron los dos de la celda. Una gran paz, la paz de la mañana a orillas del agua fresca, envolvía el castillo. Cahorn, radiante de alegría, y Ganimard, tranquilo como siempre, subieron la escalera. Ni un ruido. Nada sospechoso.

—¿Qué le había dicho yo, señor barón? En el fondo, no habría debido aceptar... Estoy avergonzado... —Cogió las llaves y entró en la galería. Encima de dos sillas, encogidos, con los brazos colgando, los dos agentes dormían—. ¡Maldita sea! —protestó el inspector. En ese mismo momento, el barón soltó un grito:

—¡Los cuadros!..., ¡el aparador!... —El barón balbuceaba, se ahogaba, con la mano estirada hacia los huecos, hacia las paredes desnudas donde sobresalían los clavos, donde colgaban las cuerdas inútiles. ¡El Watteau había desaparecido! ¡Habían robado los Rubens! ¡Se habían llevado los tapices! ¡Las vitrinas estaban vacías!—. ¡Y mis candelabros Luis XVI!... ¡Y la araña del Regente y mi Virgen del siglo XII!...

El barón corría de un lado a otro, asustado, desesperado. Recordaba los precios de compra, sumaba las pérdidas, acumulaba cifras, todo atropelladamente, con palabras confusas y frases inacabadas. Pataleaba, se convulsionaba, loco de rabia y de dolor. Parecía un hombre arruinado al que solo le quedaba volarse la tapa los sesos.

Si algo pudo consolarlo fue ver el estupor de Ganimard. Al contrario que el barón, el inspector no se movía. Estaba como petrificado y con una mirada imprecisa examinaba todo. ¿Las ventanas?, cerradas. ¿Las cerraduras de las puertas?, intactas. Ni una brecha en el techo. Ni un agujero en el suelo. El orden era perfecto. El robo se había debido de realizar metódicamente, según un plan inexorable y lógico.

—Arsène Lupin..., Arsène Lupin —murmuraba el inspector desmoronado. De pronto, saltó sobre los dos agentes, como si por fin lo sacudiera la rabia, y los zarandeó con furia, y los insultó, ¡y no se despertaban!—. Demonios —dijo—, ¿por casualidad...? —Se inclinó sobre los hombretones y los examinó atentamente, primero a uno y luego al otro: estaban dormidos, pero con un sueño que no era natural. Ganimard dijo al barón—: Los han dormido.

—Pero, ¿quién?

—¡Ja!, ¡él, por supuesto! O su banda, pero dirigida por él. Es un golpe de su estilo. Tiene su sello.

—En ese caso, estoy perdido, no hay nada que hacer.

—Nada que hacer.

—Esto es horrible, es monstruoso.

—Presente una denuncia.

—¿Y para qué?

—¿Para qué va a ser? Inténtelo al menos..., la justicia tiene recursos...

—¡La justicia! Pero si usted mismo lo está viendo... En este momento podría empezar a buscar alguna pista o descubrir algo y ni siquiera se mueve.

—¡Descubrir algo, con Arsène Lupin! Bueno, mi querido señor, ¡Arsène Lupin jamás deja nada tras de sí! ¡Con Arsène Lupin la casualidad no existe! ¡Estoy pensando que quizá él permitió deliberadamente que yo lo detuviera en América!

—Entonces, ¡tengo que renunciar a mis cuadros, a todo! Pero me ha robado las joyas de mi colección. Daría una fortuna por recuperarlas. Si no se puede hacer nada contra él, ¡que ponga un precio!

Ganimard lo miró fijamente.

—Esas son palabras sensatas. ¿No las retira?

—No, no y no. ¿Por qué?

—Tengo una idea.

—¿Qué idea?

—Volveremos a hablar de esto si la investigación no llega a buen puerto... Solo le pido que, si quiere que salga bien, no diga ni una palabra sobre mí.

—Y luego Ganimard murmuró entre dientes—: Además, lo cierto es que no tengo mucho de que enorgullecerme.

Los dos agentes recuperaron poco a poco el conocimiento, con el aspecto aturdido de los que salen de un sueño hipnótico. Abrían unos ojos atónitos, intentaban comprender. Cuando Ganimard los interrogó, no recordaban nada.

—Algo habréis visto.

—No.

—Intentad recordar.

—No, nada.

—¿Bebisteis algo?

Se quedaron pensando y uno de ellos respondió:

—Sí, yo bebí un poco de agua.

—¿Agua de esta jarra?

—Sí.

—Yo también —declaró el segundo.

Ganimard olió el agua y la probó. No tenía ningún gusto especial, ningún olor.

—Vamos —dijo el inspector—, estamos perdiendo el tiempo. Los problemas que provoca Arsène Lupin no se resuelven de la noche a la mañana. Pero, ¡maldición!, juro que volveré a pillarlo. Él gana la segunda manga. ¡Yo ganaré la partida!

Ese mismo día, el barón de Cahorn presentó una denuncia por robo con agravantes contra Arsène Lupin, ¡detenido en la Santé!

Cuántas veces lamentó el barón haber interpuesto la denuncia cuando vio el castillo de Malaquis invadido por los gendarmes, el fiscal, el juez de instrucción, los periodistas y los curiosos que se metían donde no debían.

El caso ya tenía cautivada a la opinión pública. Se había producido en unas circunstancias tan extrañas y el nombre de Arsène Lupin estimulaba hasta tal punto la imaginación, que las historias más fantasiosas llenaban las columnas de los periódicos y el público las creía.

Sin embargo, la primera carta de Arsène Lupin, que publicó *L'Écho de France* —sin que nadie supiera jamás quién proporcionó el texto al periódico—, aquella carta que avisaba con tanto descaro al barón de Cahorn de lo que lo amenazaba, provocó una conmoción considerable. Inmediatamente surgieron explicaciones fabulosas y se recordó la existencia de los famosos subterráneos. El Ministerio Fiscal, influenciado por eso, dirigió las investigaciones en ese sentido.

Se registró el castillo de arriba abajo. Se inspeccionó cada piedra. Se investigó la *boiserie* y las chimeneas, los marcos de los espejos y las vigas de los techos. Con la luz de unas linternas se examinaros los sótanos inmensos donde los señores de Malaquis amontonaban antiguamente las municiones y las provisiones. Se exploraron las entrañas del peñasco. Todo en vano. No se descubrió ni el menor rastro de un subterráneo. No existía ningún pasadizo secreto.

De acuerdo, respondían todos los implicados, pero los muebles y los cuadros no desaparecen como fantasmas. Salieron por las puertas y las ventanas, y quienes los robaron también entraron y salieron por puertas y ventanas. ¿Quiénes son los ladrones? ¿Cómo entraron? ¿Y cómo salieron?

La Fiscalía de Ruan, convencida de su impotencia, pidió ayuda a los agentes parisienses. El señor Dudouis, el jefe de la Dirección de la Seguridad General, envió a sus mejores detectives de la Brigada de Hierro. Él mismo pasó cuarenta y ocho horas en el castillo de Malaquis. No tuvo más éxito.

Entonces fue cuando mandó llamar al inspector Ganimard, cuyos servicios había tenido la oportunidad de valorar muy a menudo.

Ganimard escuchó en silencio las instrucciones de su superior y, asintiendo con la cabeza, dijo:

—Creo que empeñarse en seguir registrando el castillo es ir por el camino equivocado. La solución está en otra parte.

—Y entonces, ¿dónde está?

—La tiene Arsène Lupin.

—¡Arsène Lupin! Suponer eso sería admitir que él participó en el robo.

—Y lo admito. Es más, estoy seguro.

—Vamos a ver, Ganimard, eso es absurdo. Arsène Lupin está en la cárcel.

—Arsène Lupin está en la cárcel, de acuerdo. Está vigilado, se lo concedo. Pero, aunque tuviera grilletes en los pies, cuerdas en las muñecas y una mordaza en la boca, yo no cambiaría de opinión.

—¿Y por qué se empeña tanto?

—Porque solo Arsène Lupin es capaz de organizar una trama de esta envergadura y organizarla de tal manera que salga bien, como ha salido.

—¡Eso son tonterías, Ganimard!

—Eso es una realidad, jefe. Y ya está, dejen de buscar subterráneos, piedras que giren sobre un eje u otras pamplinas de ese calibre. Nuestro individuo no utiliza procedimientos tan anticuados. Está al día o, mejor dicho, al día de mañana.

—¿Y qué quiere usted hacer?

—Quiero pedirle directamente autorización para pasar una hora con él.

—¿En su celda?

—Sí. Cuando regresamos de América, durante la travesía mantuvimos una excelente relación y me atrevería a decir que siente cierta simpatía por quien consiguió detenerlo. Si puede informarme sin comprometerse, no dudará en evitarme un viaje inútil.

Un poco después de las doce del mediodía, Ganimard entraba en la celda de Arsène Lupin. Él estaba tumbado en la cama, levantó la cabeza y, al verlo, lanzó un grito de alegría.

—¡Oh! Esta sí que es una auténtica sorpresa. ¡Mi querido Ganimard, aquí!

—El mismo.

—Deseaba un montón de cosas en este retiro que yo elegí, pero ninguna tanto como recibirle a usted aquí.

—Es demasiado amable.

—No, en absoluto, yo le aprecio mucho.

—Y me siento orgulloso de eso.

—Siempre lo he dicho: Ganimard es nuestro mejor detective. Vale casi tanto, ya ve que soy franco, casi tanto como Sherlock Holmes. Pero, de verdad, siento no poder ofrecerle más que este taburete. ¡Y ni siquiera un refresco! ¡Ni un vaso de cerveza! Discúlpeme, estoy aquí de paso. —Ganimard se sentó sonriendo y el prisionero continuó la conversación, feliz de poder hablar con alguien—: ¡Dios mío, qué contento estoy de volver a mirar a la cara a un hombre honrado! Ya estoy harto de todos esos espías y chivatos que vienen diez veces al día a registrarme los bolsillos y mi modesta celda para asegurarse de que no estoy preparando una fuga. ¡Demonios, cuánto me aprecia el Gobierno!

—Con razón...

—¡No, en absoluto! ¡Me sentiría tan feliz si me dejaran vivir en paz en mi rinconcito!

—Con las rentas de los demás.

—¿Verdad? ¡Sería tan fácil! Pero estoy hablando demasiado, solo digo tonterías, y seguramente usted tiene prisa. ¡Vayamos al grano, Ganimard! ¿A qué se debe el honor de su visita?

—El caso Cahorn —soltó Ganimard sin rodeos.

—¡Alto ahí!, un segundo... ¡Es que tengo tantos casos! Espere que primero encuentre el informe del caso Cahorn en el cerebro... ¡Ay! Aquí está, ya lo tengo. Caso Cahorn, castillo de Malaquis, Bajo Sena... Dos Rubens, un Watteau y algunos objetos menores.

—¡Menores!

—¡Vaya! Pues sí, todo eso es de mediocre importancia. Hay cosas mejores. Pero basta con que el caso le interese, así que hable, Ganimard.

—¿Tengo que explicarle en qué punto está la instrucción del sumario?

—No, es innecesario. Ya he leído los periódicos de la mañana. Incluso me permitiría decirle que no avanzan mucho.

—Precisamente por eso me dirijo a usted y cuento con su amabilidad.

—Me pongo enteramente a su disposición.

—Lo primero de todo: ¿dirigió usted el golpe?

—De principio a fin.

—¿La carta de advertencia? ¿El telegrama?

—Son de un servidor. Debo de tener por alguna parte los resguardos.

Arsène abrió el cajón de una mesita de madera blanca que, junto con la cama y el taburete, eran los únicos muebles de la celda, sacó dos trozos de papel y se los entregó a Ganimard.

—¡Pero bueno! —exclamó el inspector—, creía que le vigilaban de cerca y le registraban continuamente. Y en cambio, lee la prensa y colecciona resguardos de correos…

—¡Bah! ¡Esa gente es tan torpe! Me descosen hasta el dobladillo de la chaqueta, me revisan las suelas de los botines, auscultan las paredes de la celda, pero ni a uno se le ocurriría pensar que Arsène Lupin pueda ser lo bastante ingenuo como para elegir un escondrijo tan obvio. Con eso cuento.

Ganimard, divertido, exclamó:

—¡Pero qué gracioso! Me deja desconcertado. Vamos, cuénteme la aventura.

—¡Dios mío! ¡Apunta usted muy alto! Ponerle al corriente de todos mis secretos… Revelarle mis truquillos… Eso es algo muy serio.

—¿Me he equivocado al contar con su amabilidad?

—No, Ganimard, y ya que insiste… —Arsène Lupin recorrió dos o tres veces la celda y luego se detuvo—: ¿Qué piensa de la carta al barón?

—Pienso que usted quiso divertirse y deslumbrar un poco al público.

—¡Ah, y ya está! ¡Deslumbrar al público! Vaya, pues le aseguro, Ganimard, que le creía a usted más listo. ¡Yo, Arsène Lupin, no pierdo el tiempo con esas chiquilladas! ¿Usted cree que yo habría escrito la carta al barón si hubiera podido robarle sin escribirla? Pues tienen que entender, usted y todos, que esa carta es el punto de partida indispensable, el resorte que puso en marcha todo el entramado. Mire, vayamos por orden y, si quiere, preparemos juntos el robo del castillo de Malaquis.

—Le escucho.

—Bien, supongamos que hay un castillo rigurosamente cerrado y aislado, como el del barón de Cahorn. ¿Usted cree que yo abandonaría la partida y renunciaría a unos tesoros que deseo, solo con la excusa de que el castillo que los guarda es inaccesible?

—Por supuesto que no.

—¿Y cree que intentaría dar el golpe como antiguamente, encabezando una banda de aventureros?

—¡Pueril!

—¿O me colaría en el castillo astutamente?

—Imposible.

—Solo queda una manera, la única en mi opinión, y es conseguir que el propietario de ese castillo me invite a entrar.

—Es un modo original.

—¡Y muy fácil! Supongamos que un día, dicho propietario recibe una carta que le advierte de lo que trama contra él un tal Arsène Lupin, un famoso ladrón. ¿Qué haría ese propietario?

—Enviaría la carta al fiscal.

—Que se burlaría de él, «porque el susodicho Lupin está actualmente entre rejas». Entonces, el tipo enloquecería y estaría completamente dispuesto a pedir ayuda al primero que se presente, ¿no es cierto?

—No cabe la menor duda.

—Y si por casualidad leyese en un periodicucho que un famoso policía está de vacaciones en una localidad vecina...

—Se dirigiría a ese policía.

—Usted lo ha dicho. Pero, por otra parte, admitamos que, en previsión de ese trámite inevitable, Arsène Lupin le hubiera rogado a uno de sus amigos más habilidoso que se instalara en Caudebec, que entrara en contacto con un redactor del *Réveil*, periódico al que está suscrito el barón, y dejara caer que es fulano de tal, el famoso policía, ¿qué ocurriría?

—Que el redactor anunciaría en *Le Réveil* la presencia del susodicho policía en Caudebec.

—Perfecto, y una de dos: o el pez, quiero decir Cahorn, no muerde el anzuelo y entonces no pasa nada, o bien, y esta es la hipótesis más verosímil, Cahorn acude corriendo, muy agitado, a ver al policía. Y ya tenemos al conde implorando ayuda contra mí a uno de mis amigos.

—Cada vez más original.

—Por supuesto, al principio el falso policía se niega a colaborar. Y después de la negativa llega un telegrama de Arsène Lupin. El barón, muy asustado, vuelve a suplicar ayuda a mi amigo y le ofrece tanto para que vele por su seguridad. Dicho amigo acepta y se lleva a dos hombretones de nuestra banda que, por la noche, sacan por la ventana un cierto número de objetos y los deslizan, con unas cuerdas, hasta una chalupa fletada *ad hoc*, mientras a Cahorn lo vigila su protector. Es tan sencillo como Lupin.

—Y es estúpidamente extraordinario —exclamó Ganimard—, nunca podría elogiar bastante la osadía de la concepción y el ingenio de los detalles. Pero no conozco a ningún policía tan prestigioso como para que su nombre haya podido llamar la atención y sugestionar al barón hasta ese punto.

—Hay uno y solo uno.

—¿Quién?

—El de mayor prestigio, el enemigo personal de Arsène Lupin, en fin, el inspector Ganimard.

—¡Yo!

—Usted mismo, Ganimard. Y esto es lo más fascinante: si usted fuera allí y el barón se decidiera a hablar, acabaría por descubrir que su deber es detenerse a usted mismo, como me detuvo a mí en América. ¿Qué?, ¡la revancha es cómica!: ¡yo consigo que Ganimard tenga que detener a Ganimard! —Arsène Lupin reía a carcajadas. El inspector, bastante humillado, se mordía los labios. No le parecía que la broma mereciese ese ataque de risa. La llegada de un guardia le dio la oportunidad de recomponerse. El hombre llevaba la comida que Arsène Lupin, con trato de favor, mandaba llevar de un restaurante cercano. Después de dejar la bandeja en la mesa, se retiró. Arsène se acomodó, abrió el pan, comió dos o tres trozos y continuó con la conversación—: Pero esté tranquilo, Ganimard, mi querido Ganimard, no tendrá usted que ir allí. Voy a revelarle algo que le dejará estupefacto: el caso Cahorn está a punto de archivarse.

—¿Cómo?

—A punto de archivarse, le digo.

—¡Por favor! Acabo de dejar al jefe de la Seguridad hace nada.

—¿Y qué? ¿Cree usted que el señor Dudouis sabe más que yo de los asuntos que me conciernen? Se enterará de que Ganimard, perdón, el falso Ganimard, mantiene una excelente relación con el barón. Cahorn le ha encargado la delicada misión de negociar conmigo una transacción, este es el motivo principal por el que el barón no confesó nada, así que, en este momento, mediante cierta cantidad, es probable que ese hombre ya haya recuperado sus queridas baratijas. A cambio, retirará la denuncia. Así pues, ya no hay robo. Por consiguiente, la Fiscalía tendrá que abandonar...

Ganimard miró al detenido con cara atónita.

—¿Y usted cómo lo sabe?

—Acabo de recibir el telegrama que esperaba.

—¿Acaba de recibir un telegrama?

—Ahora mismo, querido amigo. Por educación, no quise leerlo delante de usted. Pero si me lo permite...

—Se está burlando usted de mí, Lupin.

—¿Quiere, querido amigo, abrir con cuidado el huevo pasado por agua? Comprobará por sí mismo que no me burlo de usted.

Instintivamente, Ganimard obedeció y rompió el huevo con el filo de un cuchillo. Dejó escapar un grito de sorpresa. La cáscara vacía contenía una hoja de papel azul. A petición de Arsène, Ganimard la desdobló. Era un telegrama o, mejor dicho, una parte de un telegrama al que habían arrancado los datos de la oficina de correos. El comisario leyó: «Acuerdo cerrado. Cien mil pavos entregados. Todo va bien».

—¿Cien mil pavos? —preguntó Ganimard.

—Sí, ¡cien mil francos! Es poco, pero, en fin, corren tiempos duros... ¡Y yo tengo unos gastos generales tan grandes! Si supiera usted mi presupuesto... ¡Es el presupuesto de una gran ciudad!

Ganimard se levantó. Ya no estaba de mal humor. Se quedó unos segundos pensando, hizo un repaso mental rápido de todo el caso para intentar descubrir su punto débil. Luego pronunció con un tono que transmitía sinceramente su admiración de experto en la materia:

—Por suerte, no hay docenas de hombres como usted, pues, de lo contrario, solo nos quedaría cerrar el negocio.

Arsène Lupin adoptó un aire un tanto modesto y respondió:

—¡Bah! Tenía que distraerme, ocupar el tiempo libre... Sobre todo, porque el golpe solo podía salir bien si yo estaba en la cárcel.

—¡Cómo! —exclamó Ganimard— ¿El juicio, su defensa, la instrucción, no le basta con todo eso para distraerse?

—No, porque he decidido no asistir a mi juicio.

—¡Madre mía!

Arsène Lupin repitió tranquilamente:

—No asistiré a mi juicio.

—¿De verdad?

—Ay, querido amigo, ¿usted se piensa que voy a pudrirme en una celda? Me ofende. Arsène Lupin solo estará en la cárcel el tiempo que le plazca, ni un minuto más.

—Quizá hubiera sido más prudente empezar por no entrar —arguyó el inspector, con tono irónico.

—¡Ay! ¿El señor se burla? ¿El señor recuerda que él tuvo el honor de detenerme? Que sepa, mi respetable amigo, que nadie, ni usted ni nadie, habría podido echarme el guante si en ese crítico momento no me hubiera movido un interés mucho mayor.

—Me sorprende.

—Una mujer estaba mirándome, Ganimard, y yo la amaba. ¿Comprende usted todo lo que hay en el hecho de que una mujer a la que amas te mire? Lo demás poco importa, se lo juro. Y por eso estoy aquí.

—Desde hace ya mucho tiempo, permítame que lo indique.

—Primero quería olvidar. No se ría: la aventura fue encantadora y aún guardo un recuerdo enternecedor... Y, además, ¡estoy un poco neurasténico! ¡La vida es tan frenética hoy en día! En determinados momentos hay que saber hacer lo que se llama una cura de aislamiento. Este lugar es soberbio para los regímenes de ese tipo. Aquí se practica la cura de la Santé[1] con todo rigor.

—Arsène Lupin —respondió Ganimard—, me está tomando el pelo.

—Ganimard —afirmó Lupin—, estamos a viernes, el próximo miércoles iré a fumarme un puro a su casa, en la calle Pergolèse, a las cuatro de la tarde.

—Arsène Lupin, le espero.

---

[1] Juego de palabras intraducible: Santé, nombre de la prisión de París, significa 'salud'. *(N. de la T.)*.

Se estrecharon la mano como dos buenos amigos que se aprecian y el viejo policía se dirigió hacia la puerta.

—¡Ganimard!

El inspector se volvió.

—¿Qué ocurre?

—Ganimard, olvida usted su reloj.

—¿Mi reloj?

—Sí, se ha perdido en mi bolsillo. —Se lo entregó disculpándose—. Perdone, una mala costumbre... Que me hayan quitado el mío no es motivo para que le prive del suyo. Sobre todo, porque tengo ahí otro, del que no me quejo y satisface plenamente mis necesidades.

Sacó del cajón un gran reloj de oro, grueso y cómodo, con una pesada cadena.

—¿Y de qué bolsillo procede ese?

Arsène Lupin examinó descuidadamente las iniciales.

—J. B.... ¿Quién diablos puede ser?... ¡Ay, sí!, ya me acuerdo, Jules Bouvier, el juez que instruye mi caso, un hombre encantador...

3
LA FUGA DE ARSÈNE LUPIN

En el momento en que Arsène Lupin, cuando ya había acabado el almuerzo, sacaba del bolsillo un puro con vitola de oro y lo miraba satisfecho, se abrió la puerta de su celda. Solo tuvo tiempo de meterlo en el cajón y alejarse de la mesa. Entró el guardia, era la hora del paseo.

—Ya estaba esperándote, querido amigo —dijo Lupin, siempre de buen humor.

Salieron los dos juntos y en el mismo momento en que desaparecieron por la esquina del pasillo, entraron en la celda dos hombres y empezaron un minucioso registro. Uno era el inspector Dieuzy y el otro el inspector Folenfant.

Querían acabar con ese asunto de una vez por todas. No cabía la menor duda: Arsène Lupin mantenía relaciones con el exterior y se comunicaba con los miembros de su banda. La víspera, sin ir más lejos, el *Grand Journal* había publicado una carta abierta dirigida al redactor de tribunales.

> Señor:
> En un artículo que apareció estos días en su periódico se expresó usted sobre mí en unos términos injustificables. Algunos días antes de que se abra mi juicio, iré a pedirle cuentas. Atentamente,
> Arsène Lupin

La letra era sin duda la de Arsène Lupin. Luego enviaba cartas. Y las recibía. Por lo tanto se daba por hecho que estaba preparando esa fuga que había anunciado tan arrogantemente.

La situación se hacía intolerable. De acuerdo con el juez de instrucción, el jefe de la Seguridad, el señor Dudouis, acudió él mismo a la Santé para exponer al director de la cárcel las medidas que se debían tomar. Y, en cuanto llegó, envió a sus dos hombres a la celda del detenido.

Los dos inspectores levantaron todas las losas, desmontaron la cama, hicieron todo lo que es habitual hacer en un caso como ese y, al final, no encontraron nada. Estaban ya a punto de tirar la toalla cuando el guardia apareció corriendo y les dijo:

—El cajón, miren en el cajón de la mesa. Cuando entré me pareció que lo cerraba.

Miraron los dos ahí y Dieuzy exclamó:

—¡Por Dios, esta vez lo tenemos!

Folenfant lo interrumpió.

—Alto ahí, amigo, el inventario lo hará el jefe.

—Pero, es un puro de lujo...

—Suelta el habano y vamos a avisar al jefe.

Dos minutos después, el señor Dudouis examinaba el cajón. Allí encontró en primer lugar un montón de artículos de periódico que había seleccionado la agencia El Vigilante de la Prensa y todos eran sobre Arsène Lupin, luego una petaca, una pipa, papel de ese que se llama de cebolla y, por último, dos libros.

Miró los títulos. Eran el *Culto al Héroe* de Carlyle, en edición inglesa, y un Elzevir muy bonito, con encuadernación antigua, *El manual de Epicteto,* traducción alemana publicada en Leiden en 1634. Tras hojearlos, comprobó que todas las hojas estaban marcadas, subrayadas y con notas. ¿Serían señales en clave o esas marcas que hacen algunos cuando les gusta mucho un libro?

—Ya veremos esto con más detalle —dijo el señor Dudouis. Luego, examinó la petaca y la pipa, cogió el famoso puro con vitola de oro y añadió—: ¡Demonios! ¡Cómo se cuida nuestro amigo, se cree Henry Clay!

Con un gesto instintivo de fumador, el jefe acercó el puro a la oreja y lo hizo crujir. Inmediatamente se le escapó una exclamación. El puro se había reblandecido con la presión de los dedos. Dudouis lo examinó con mayor atención y no tardó en descubrir algo de color blanco entre las hojas de tabaco. Con mucho cuidado y ayudándose de un alfiler, extrajo un rollo de papel muy fino, casi del tamaño de un palillo de dientes. Era una nota. La desenrolló y leyó las siguientes palabras, escritas con una letra menuda de mujer:

> La lechera sustituida. Ocho de diez preparados. Al apoyar con el pie exterior, la placa se levanta de abajo arriba. H P esperará de doce a dieciséis, todos los días. ¿Pero dónde? Respuesta inmediata. Esté tranquilo, su amiga vela por usted.

El señor Dudouis se quedó pensativo un momento y luego dijo:
—Está bastante claro..., la lechera, los ocho compartimentos... De doce a dieciséis, es decir de doce del mediodía a cuatro de la tarde...
—Pero y ese H P, ¿qué esperará?
—H P, en este caso, debe de ser un automóvil, H P, *horse power*. En lenguaje deportivo se llama así a la potencia del motor, ¿no es eso? Un veinticuatro H P es un automóvil de veinticuatro caballos. —Dudouis se levantó y preguntó—: ¿El detenido había terminado de comer?
—Sí.
—Pues tal y como está el puro, aún no ha leído el mensaje, así que es probable que acabe de recibirlo.
—Y ¿cómo?
—En la comida, dentro del pan o de una manzana, ¿yo qué sé?
—Imposible, le autorizamos a traer la comida de fuera exclusivamente para atraparlo y no hemos encontrado nada.
—Esta noche trataremos de interceptar la respuesta de Lupin. De momento, reténganlo fuera de la celda. Llevaré esto al juez de instrucción. Si estamos de acuerdo, mandaremos inmediatamente que fotografíen la nota y, dentro de una hora, vuelvan a meter en el cajón estas cosas y un puro

idéntico que contenga el mensaje original. Es preciso que el detenido no sospeche nada.

El señor Dudouis, no sin cierta curiosidad, regresó por la noche a la secretaría de la Santé junto con el inspector Dieuzy. En un rincón, sobre la estufa, estaban los tres platos de Lupin.

—¿Ha cenado el detenido?

—Sí —respondió el director.

—Dieuzy, ¿quiere cortar en trocitos muy finos estos pocos macarrones y abrir ese bollo de pan?... ¿Nada?

—No, jefe.

El señor Dudouis examinó los platos, el tenedor, la cuchara y, por último, el cuchillo; un cuchillo como los de la cárcel, con el filo redondeado. Giró el mango a la izquierda y luego a la derecha. A la derecha, el mango cedió y se abrió. El cuchillo estaba hueco y tenía dentro una hoja de papel.

—¡Bah! —dijo el jefe de la Seguridad—, no es un truco muy ingenioso para alguien como Arsène. Pero no perdamos más tiempo. Usted, Dieuzy, vaya inmediatamente a investigar al restaurante. —Y a continuación, leyó en voz alta—: «Me pongo en sus manos, H P seguirá de lejos todos los días. Yo iré por delante. Hasta pronto, mi querida y admirable amiga». Por fin —gritó el señor Dudouis frotándose las manos—, creo que tenemos el asunto bien encauzado. Un empujoncito por nuestra parte y la fuga será todo un éxito..., o por lo menos nos permitirá atrapar a los cómplices.

—¿Y si Arsène Lupin se le escapa de las manos? —protestó el director.

—Emplearemos tantos hombres como sea necesario. Y si a pesar de todo Lupin fuera más inteligente... Pues la verdad, ¡peor para él! En cuanto a la banda, ya que el jefe se niega a hablar, hablarán los otros.

Y, de hecho, Arsène Lupin no hablaba mucho. El señor Jules Bouvier, el juez de instrucción, llevaba meses esforzándose inútilmente. Los interrogatorios se limitaban a unas conversaciones sin ningún interés entre el juez y el abogado, el letrado Danval, uno de los más prestigiosos del Colegio de

Abogados, que, por otra parte, sabía sobre el acusado aproximadamente lo mismo que cualquier otra persona.

De vez en cuando, por cortesía, Arsène Lupin dejaba caer:

—Pues sí, señor juez, estamos de acuerdo en todo: el robo del Crédit Lyonnais, el robo de la calle Babylone, la emisión de billetes falsos, el asunto de las pólizas de seguros, los robos en los castillos de Armesnil, Gouret, Imblevain, Groselliers y Malaquis, todo eso es obra de un servidor de usted.

—Entonces, podría explicarme...

—Es inútil, confieso absolutamente todo, todo y hasta diez veces más de lo que usted ni se imagina.

Harto de luchar, el juez había suspendido aquellos fastidiosos interrogatorios. Pero cuando estuvo al tanto de las dos notas interceptadas, los reanudó. Y entonces, de forma regular, a mediodía, llevaron a Arsène Lupin de la Santé a la prisión central en el furgón de la penitenciaría con otros detenidos. Todos volvían juntos hacia las tres o cuatro de la tarde.

Pero una tarde, el regreso a la Santé se hizo en condiciones especiales. Como los otros detenidos aún no habían pasado por sus respectivos interrogatorios, se decidió llevar primero de vuelta a Arsène Lupin. Así que el preso subió solo al furgón.

Esos furgones penitenciarios, vulgarmente conocidos como «lecheras», están divididos a lo largo por un pasillo central desde el que se abren diez compartimentos: cinco a la derecha y cinco a la izquierda. Cada uno de esos compartimentos está dispuesto de tal manera que hay que permanecer necesariamente sentado, y los cinco prisioneros, además de tener cada uno muy poco espacio, están separados unos de otros por divisiones paralelas. Un policía municipal, situado en un extremo, vigila el pasillo.

Metieron a Arsène en la tercera celda de la derecha y el lento furgón se puso en marcha. Lupin se dio cuenta de que dejaban atrás el Quai de l'Horloge y pasaban por delante del Palacio de Justicia. Entonces, a mitad del puente de Saint-Michel, apoyó el pie derecho, como hacía en cada desplazamiento, en la placa de chapa que cerraba la celda. Inmediatamente, algo se accionó, la placa de chapa se abrió imperceptiblemente y pudo comprobar que estaba justo entre las dos ruedas.

Esperó muy atento. El furgón subió despacio el bulevar Saint-Michel. Se detuvo en la plaza de Saint-Germain. Se había caído el caballo de una carreta. Al interrumpirse la circulación, rápidamente se amontonaron allí coches de punto y ómnibus.

Arsène Lupin pasó la cabeza. Otro furgón penitenciario se detuvo en paralelo al suyo. Sacó más la cabeza, puso el pie en uno de los radios de la enorme rueda y saltó al suelo.

Un cochero lo vio, se partió de risa y luego quiso delatarlo. Pero sus gritos se perdieron entre el alboroto de los vehículos que volvían a ponerse en marcha. Además, Arsène Lupin ya estaba lejos.

Avanzó un poco corriendo, pero, en la acera de la izquierda, se volvió, lanzó una mirada a su alrededor y fingió tomar el aire, como cualquiera que aún no sabe muy bien adónde ir. Después, decidido, metió las manos en los bolsillos y, con aire indiferente, siguió subiendo el bulevar.

Era un día agradable, un día alegre y tranquilo de otoño. Los cafés estaban llenos. Lupin se sentó en una de las terrazas.

Pidió una jarra de cerveza y un paquete de cigarrillos. Vació el vaso a sorbos, fumó tranquilamente un cigarrillo y encendió otro. Finalmente, se levantó y le dijo al camarero que llamara al encargado.

Cuando llegó el encargado, Arsène Lupin le explicó lo suficientemente alto para que lo oyera todo el mundo:

—Lo lamento mucho, señor; he olvidado la cartera. Quizá mi nombre le sea lo bastante conocido como para retrasarme el pago unos días: me llamo Arsène Lupin. —El encargado lo miró, creía que era una broma. Pero Arsène repitió—: Lupin, preso en la Santé, bueno, en este momento en situación de fuga. Me atrevo a creer que ese nombre le inspira total confianza.

Y se alejó entre risas, sin que el otro siquiera pensase en reclamar la cuenta.

Cruzó la calle Soufflot en diagonal y siguió por la calle Saint-Jacques. Continuó por esa calle tranquilamente, deteniéndose en los escaparates y fumando. En el bulevar de Port-Royal se orientó, preguntó por una dirección y fue derecho hacia la calle de la Santé. Las altas paredes sombrías de la prisión pronto aparecieron. Las bordeó y llegó junto al policía municipal de guardia, levantó el sombrero y dijo:

—Esta es la cárcel de la Santé, ¿verdad?

—Sí.

—Me gustaría regresar a mi celda. El furgón me dejó por el camino y no quisiera abusar...

El chico refunfuñó:

—Vamos hombre, siga su camino y muévase ya.

—¡Perdón, perdón! Es que mi camino pasa por esta puerta. ¡Y si usted impide que Arsène Lupin la cruce, podría costarle caro, amigo!

—¿Arsène Lupin? ¿Qué cuento me está contando?

—Lamento no tener ni una tarjeta —dijo Arsène, fingiendo rebuscar en los bolsillos.

El policía lo miró de pies a cabeza, atónito. Luego, sin decir ni una palabra y a regañadientes, tiró de una campanilla. La puerta de hierro se entreabrió.

Unos minutos después, el director acudía corriendo a la secretaría, gesticulando y fingiendo estar profundamente enfadado. Arsène sonrió.

—Vamos, señor director, no se haga el listo conmigo. Se toman la molestia de traerme de vuelta solo en el furgón, organizan un bonito atasco ¿y usted cree que voy a salir pitando para ir a reunirme con mis amigos? ¡Vamos, hombre! ¿Y los veinte agentes de la Seguridad que nos escoltaban a pie, en coche de punto y en bicicleta? No, ¡lo que me habrían zurrado! Para no salir vivo de ahí. ¡Por Dios, señor director! ¿A lo mejor era eso lo que quería? —se encogió de hombros y añadió—: Se lo ruego, señor director, no se preocupen por mí. El día que quiera escaparme, no necesitaré que nadie me ayude.

Al día siguiente, *L'Écho de France,* que definitivamente se había convertido en el boletín oficial de las hazañas de Arsène Lupin —se decía que el propio Lupin era uno de los principales socios del periódico—, publicaba con todo lujo de detalles el intento de fuga. En el artículo se hablaba de las notas que intercambiaron el detenido y su misteriosa amiga, de los medios que

utilizó para mover la correspondencia, de la participación de la policía, del paseo por el bulevar Saint-Michel y del percance en el café Soufflot, lo desvelaba todo. Se sabía que la investigación del inspector Dieuzy con el camarero del restaurante no había dado ningún resultado. Y, además, se informaba de algo asombroso que demostraba los múltiples recursos de los que disponía ese hombre: el furgón penitenciario en el que lo habían trasladado era un furgón completamente trucado, que su banda había cambiado por otro de los seis furgones habituales que integraban el servicio de prisiones.

Ya nadie cuestionaba la próxima fuga de Arsène Lupin. Por otra parte, él mismo la anunciaba en términos categóricos, como evidencia su respuesta al señor Bouvier, al día siguiente de los hechos. Cuando el juez se burló de la fuga frustrada, Lupin lo miró y le dijo con frialdad:

—Escuche bien esto, señor, y crea en mi palabra: este intento formaba parte de mi plan de fuga.

—No lo comprendo —dijo el juez riendo socarronamente.

—¿Qué más da que usted lo entienda? —Y cuando el juez durante ese interrogatorio, que apareció completo en las columnas de *L'Écho de France,* reanudó la instrucción del sumario, Lupin, ya cansado, protestó—: ¡Dios mío, Dios mío! ¿Y para qué...? Todas esas preguntas no sirven para nada.

—¿Cómo que no sirven para nada?

—¡Pues claro que no!, porque no asistiré a mi juicio.

—Usted no asistirá...

—No, y esa es una idea fija que tengo, una decisión irrevocable. Nada me hará transigir.

Semejante seguridad y las indiscreciones inexplicables que se cometían a diario irritaban y desconcertaban a la justicia. En todo aquel asunto había algunos secretos que únicamente conocía Arsène Lupin, así que la información solo podía salir de él. ¿Con qué fin la desvelaba? ¿Y cómo?

Trasladaron de celda a Arsène Lupin. Una noche, lo llevaron a la planta inferior. El juez, a su vez, terminó la instrucción del sumario y remitió la causa a la Fiscalía.

A partir de entonces, no volvió a oírse hablar de aquel asunto. El silencio duró dos meses. Arsène los pasó tumbado en la cama, con la cara casi siempre vuelta hacia la pared. El cambio de celda parecía haberlo desmoralizado. Se negó a recibir a su abogado. Apenas intercambiaba algunas palabras con los guardias.

En la quincena anterior al juicio pareció animarse. Se quejaba de que echaba de menos el aire libre. Entonces se le permitió salir al patio por la mañana, muy temprano, vigilado por dos hombres.

Mientras tanto, la curiosidad pública no había decaído. Todos los días se esperaba la noticia de su fuga. Casi se deseaba, porque el personaje, con su labia, su alegría, la disparidad, el genio creativo y su misteriosa vida, gustaba mucho a la gente. Arsène Lupin tenía que fugarse. Era inevitable, irremediable. A todo el mundo le sorprendía que tardara tanto. Todas las mañanas, el prefecto de policía preguntaba a su secretario:

—¿Y qué? ¿Aún no se ha marchado?

—No, señor prefecto.

—Entonces se irá mañana.

Y, la víspera del juicio, un señor se presentó en las oficinas del *Grand Journal*, preguntó por el redactor de tribunales, le tiró su tarjeta a la cara y se marchó rápidamente. En la tarjeta había escritas unas palabras: «Arsène Lupin siempre cumple sus promesas».

En esas condiciones se abrió la vista de la causa.

La afluencia de público fue enorme. Nadie quería perderse al famoso Arsène Lupin ni dejar de disfrutar desde el principio de cómo se burlaría del presidente del tribunal. Abogados y magistrados, columnistas y gente de la calle, artistas y mujeres de la alta sociedad, todo París se apiñaba en los bancos de la audiencia.

Ese día llovía, en la calle el día era oscuro y no pudo verse bien a Arsène Lupin cuando los guardias lo llevaron al interior del Palacio de Justicia. Sin embargo, su actitud torpe, el modo en que se dejó caer en su asiento y la quietud indiferente y pasiva no dijo nada en su favor. En varias ocasiones su abogado —uno de los pasantes de Danval, porque el propio Danval consideró indigna de él la función a la que lo había relegado su cliente—, se dirigió a él. Y Lupin asintió con la cabeza y permaneció en silencio.

El secretario judicial leyó el acta de acusación y luego el presidente del tribunal pronunció:

—Que se levante el acusado. Diga usted su nombre y apellido, edad y profesión. —Al no responder, el presidente repitió—: ¡Su nombre! Le estoy preguntando su nombre.

Una voz tosca y cansada articuló:

—Désiré Baudru.

Se oyó un murmullo. Pero el presidente volvió a la carga:

—¿Désiré Baudru? ¡Ajá! Bien. ¡Un nuevo alias! Como es aproximadamente el octavo nombre que usted utiliza y sin duda este se lo inventa igual que los otros, nos atendremos, si a usted le parece bien, al de Arsène Lupin, por el que es más conocido. —El presidente consultó sus notas y continuó—: Ahora bien, pese a todas las investigaciones que se han llevado a cabo, ha sido imposible reconstruir su identidad. Usted es un ejemplo de algo que pocas veces ocurre en la sociedad moderna, no tiene pasado. Nosotros no sabemos quién es usted ni de dónde viene ni dónde transcurrió su infancia, en definitiva, no sabemos nada. Usted apareció de buenas a primeras, hace tres años, sin que nadie sepa exactamente de dónde salió, y de pronto se hizo famoso como Arsène Lupin, es decir, una extraña mezcla de inteligencia y perversión, de indecencia y generosidad. Los datos que tenemos sobre usted antes de ese momento son meras suposiciones. Es probable que a quien se conoce como Rostat, que hace ocho años estuvo trabajando con el prestidigitador Dickson, fuera el propio Arsène Lupin. Es probable que el estudiante ruso que hace seis años frecuentó el laboratorio del doctor Altier, en el hospital Saint-Louis, y que sorprendió a menudo a su maestro con sus ingeniosas hipótesis sobre bacteriología y sus temerarios experimentos sobre las enfermedades de la piel, fuera el propio Arsène Lupin. Y Arsène Lupin era además el profesor de lucha japonesa que se estableció en París mucho antes de que se hablara del *jiu-jitsu*. Y Arsène Lupin era, o eso creemos nosotros, el corredor ciclista que ganó el Gran Premio de la Exposición Universal, cobró los diez mil francos y desapareció. Y Arsène Lupin quizá también fuera quien salvó a tantas personas del incendio del Bazar de la Charité sacándolas por un pequeño tragaluz…

y luego las desvalijó. —Tras una pausa el presidente concluyó—: Así es esa época que parece no haber sido más que una preparación minuciosa para la lucha que usted ha emprendido contra la sociedad, un aprendizaje metódico con el que usted llevó al extremo su poder, su energía y sus capacidades. ¿Reconoce usted la exactitud de estos hechos?

Durante el discurso, el acusado estuvo balanceándose de una pierna a otra, con la espalda encorvada y los brazos colgando. Con la luz más fuerte de la sala, pudo verse su extrema delgadez, las mejillas hundidas, los pómulos salientes, la cara de color tierra, jaspeada de manchitas rojas y enmarcada en una barba desigual y rala. La cárcel lo había envejecido y ajado considerablemente. Ya no se reconocía la figura elegante y el rostro joven de aquel retrato simpático que tantas veces habían publicado los periódicos.

El acusado pareció no entender la pregunta. El presidente la repitió dos veces. Entonces, levantó la mirada, como si estuviera pensando, y haciendo un gran esfuerzo murmuró:

—Baudru, Désiré.

El presidente se echó a reír.

—No entiendo muy bien, Arsène Lupin, su línea de defensa. Si consiste en hacerse el tonto y ser un irresponsable, es usted muy libre. Yo, por mi parte, iré derecho al grano y no tendré en cuenta sus idioteces.

Y el presidente pasó a detallar los robos, estafas y falsificaciones de los que se acusaba a Lupin. De vez en cuando, interrogaba al acusado y este soltaba un gruñido o no respondía.

Empezó el desfile de testigos. Hubo declaraciones insustanciales, otras más serias, aunque todas tenían un punto en común, eran contradictorias. Había algo confuso en los testimonios, pero entonces llamaron a declarar al inspector principal Ganimard y el interés volvió a la sala.

El viejo policía provocó, desde el principio, una cierta decepción. Parecía, no ya intimidado —estaba curado de espanto—, sino preocupado, incómodo. Varias veces dirigió la mirada hacia el acusado con un malestar visible. Pese a todo, con las dos manos apoyadas en el estrado, relataba los incidentes en los que se había visto envuelto, la persecución por toda

Europa, su llegada a América. Y todo el mundo lo escuchaba atentamente, como quien escucha el relato de las más apasionantes aventuras. Y, hacia el final de la declaración, después de mencionar sus entrevistas con Arsène Lupin, en dos ocasiones se detuvo, distraído e indeciso.

Estaba claro que algo le preocupaba. El presidente le dijo:

—Si no se encuentra usted bien, sería mejor interrumpir su declaración.

—No, no, solo... —Guardó silencio, miró al acusado detenidamente, intensamente y luego dijo—: Pido autorización a la sala para acercarme al acusado y examinarlo, aquí hay algo extraño que tengo que aclarar. —Se aproximó, lo miró aún más detenidamente, muy concentrado, después regresó al estrado. Y ahí, con un tono un poco solemne, sentenció—: Señor presidente, afirmo que el hombre que está ahí, frente a mí, no es Arsène Lupin.

Un gran silencio siguió a esas palabras. El presidente, desconcertado en un primer momento, protestó:

—Pero ¿qué dice? ¡Está usted loco!

El inspector afirmó tranquilamente:

—A primera vista, uno puede dejarse engañar por un parecido que, en efecto, existe, lo confieso, pero basta con echarle otra mirada. La nariz, la boca, el pelo, el color de la piel..., en definitiva: este hombre no es Arsène Lupin. ¡Y esos ojos! ¿Qué? ¿Alguna vez Lupin ha tenido esos ojos de alcohólico?

—Veamos, veamos, explíquese usted. ¿Qué afirma el testigo?

—¡Y yo qué sé! Lupin habrá puesto en su lugar a este pobre diablo que íbamos a condenar. O puede que sea su cómplice.

Por toda la sala se oyeron gritos, risas y exclamaciones, el público se alteró con ese giro inesperado. El presidente mandó llamar al juez de instrucción, al director de la Santé y a los guardias y suspendió la vista.

Cuando la vista se reanudó, el señor Bouvier y el director de la Santé, en presencia del acusado, declararon que entre Arsène Lupin y ese hombre solo había un ligero parecido.

—Pero entonces —gritó el presidente—, ¿quién es este hombre? ¿De dónde ha salido? ¿Por qué está en manos de la justicia?

Llamaron a los dos guardias de la Santé. ¡Ellos sí, sorprendente contradicción, reconocieron al detenido que habían vigilado en guardias alternas!

El presidente respiró.

Pero uno de los guardias rectificó:

—Sí, sí, yo creo que es él.

—¿Cómo que usted cree?

—¡Pues sí!, apenas lo vi. Me lo entregaron por la noche y, desde hace dos meses, ha estado siempre tumbado mirando a la pared.

—¿Y antes de esos dos meses?

—¡Ah!, antes el detenido no estaba en la celda 24.

El director de la prisión aclaró ese punto:

—Después de su intento de fuga trasladamos de celda al detenido.

—Pero usted, señor director, ¿usted lleva dos meses sin verlo?

—No he tenido la oportunidad de…, él estaba tranquilo.

—¿Y ese hombre no es el detenido que le entregaron?

—No.

—Entonces, ¿quién es?

—No sabría decirlo.

—Así que estamos ante una suplantación de identidad que se habría realizado hace dos meses. ¿Y cómo lo explica usted?

—Me resulta imposible.

—¿Entonces? —En su desesperación, el presidente se volvió hacia el acusado y, con un tono muy amable, le preguntó—: Vamos a ver, acusado, ¿podría explicarme cómo y desde cuándo está en manos de la justicia?

En ese momento pareció que el tono indulgente hizo ceder la desconfianza o estimuló el raciocinio del hombre. Este intentó responder. Al final, hábil y tranquilamente interrogado, el hombre consiguió juntar algunas frases y reveló lo siguiente: dos meses antes, lo llevaron preso a la cárcel central. Allí pasó una noche y una mañana. Como solo llevaba encima setenta y cinco céntimos, lo soltaron. Pero, cuando cruzaba el patio, dos guardias lo sujetaron de los brazos y lo llevaron hasta el furgón penitenciario. Desde entonces, vivía en la celda 24, allí estaba a gusto…, se come bien… y no se duerme mal… Así que no había protestado…

Todo aquello parecía verosímil. Entre risas y un gran alboroto, el presidente aplazó la sesión para completar la investigación.

Inmediatamente, la investigación confirmó un hecho anotado en el registro de encarcelamiento: ocho semanas antes, alguien llamado Désiré Baudru pasó la noche en la cárcel central. Al día siguiente quedó en libertad y se fue de la prisión a las dos de la tarde. Ahora bien, ese mismo día, a las dos de la tarde, Arsène Lupin prestó declaración por última vez, salió de la sala de instrucción y regresó a la Santé en el furgón penitenciario.

¿Cometieron un error los guardias? ¿Los confundió el parecido y en un momento de despiste ellos mismos sustituyeron a ese hombre por el prisionero? Realmente habría sido de una falta de rigor que sus hojas de servicio no permitían suponer.

¿Estaba planeada esa sustitución? Además de que la distribución de los escenarios de los hechos lo hacía casi imposible y, en ese caso, también habría sido necesaria la complicidad de Baudru y que hubiera permitido que lo detuvieran con el único objetivo de ocupar el lugar de Arsène Lupin. Pero entonces, ¿cómo había podido salir bien semejante plan que solo se basaba en una serie de probabilidades inverosímiles, de coincidencias fortuitas y de errores enormes?

Llevaron a Désiré Baudru al servicio de antropometría del registro policial. Allí no había ninguna ficha de antecedentes penales con su descripción. Por lo demás, seguirle la pista fue fácil. Era conocido en Courbevoie, en Asnières y Levallois. Vivía de limosnas y dormía en una de esas chabolas que se amontonan en la Puerta de Ternes. Pero llevaba un año desaparecido.

¿Habría estado trabajando para Arsène Lupin? Nada parecía indicarlo. Y si hubiera sido así, eso no habría aclarado la fuga del prisionero. Aquello seguía siendo increíble. De las veinte teorías que intentaban explicarlo, ninguna resultaba satisfactoria. La fuga era lo único que no planteaba dudas y el público, igual que la justicia, se daba cuenta del esfuerzo que exigía la lenta preparación de esa fuga incomprensible y sorprendente, un conjunto de actuaciones perfectamente encadenadas cuyo desenlace explicaba el orgulloso vaticinio de Arsène Lupin: «No asistiré a mi juicio».

Al cabo de un mes de minuciosas investigaciones, el misterio seguía siendo indescifrable. Pero no podía retenerse indefinidamente a ese pobre diablo de Baudru. Su juicio habría sido ridículo: ¿qué cargos había contra él? El juez de instrucción firmó su puesta en libertad. Sin embargo, el jefe de la Seguridad decidió establecer una vigilancia activa en torno a Baudru.

La idea fue de Ganimard. En su opinión, no había ni complicidad ni casualidad. Baudru había sido un instrumento que Arsène Lupin manejó de una manera extraordinariamente hábil. Una vez libre, Baudru los llevaría hasta Arsène Lupin, o al menos hasta alguno de su banda.

Se designó a dos inspectores, Folenfant y Dieuzy, de apoyo a Ganimard y una mañana de enero de un día brumoso, las puertas de la prisión se abrieron para Désiré Baudru.

Baudru al principio pareció confuso y se fue caminando como alguien que no sabe muy bien qué hacer. Siguió la calle de la Santé y la calle Saint-Jacques. Se quitó la chaqueta y el chaleco en la puerta de la tienda de un ropavejero, vendió el chaleco a cambio de unos céntimos, volvió a ponerse la chaqueta y se fue.

Cruzó el Sena. En Châtelet le adelantó un ómnibus. Quiso subir, pero no quedaban plazas libres. El interventor le aconsejó que cogiera un billete, y entró en la sala de espera.

En ese momento Ganimard llamó a sus dos hombres y sin despegar la vista del despacho de billetes les dijo a toda prisa:

—Vayan a parar un coche..., no, dos, así será más seguro. Yo iré con uno de ustedes y lo seguiremos. —Los hombres obedecieron. Pero Baudru no aparecía. Ganimard se acercó a la sala de espera: allí no había nadie—. Pero qué idiota soy —dijo entre dientes—, me olvidé de la otra salida.

El despacho de billetes, efectivamente, comunicaba por un pasillo interior con el de la calle Saint-Martin. Ganimard se lanzó hacia allí. Llegó justo a tiempo para ver a Baudru en la parte alta del Batignolles-Jardin des Plantes, que en ese momento giraba hacia la calle Rivoli. El inspector salió corriendo y alcanzó el ómnibus. Pero había perdido a los dos agentes. Desde ese momento seguía él solo la persecución.

Ganimard, enfurecido, estuvo a punto de agarrarlo del cuello sin más miramientos. El supuesto imbécil lo había dejado sin sus ayudantes con premeditación y una ingeniosa artimaña.

Miró a Baudru, estaba medio dormido en el asiento con la cabeza balanceando de un lado a otro. Tenía la boca entreabierta y una expresión de tremenda estupidez en la cara. No, ese no era un adversario capaz de jugársela al viejo Ganimard. Había tenido suerte, nada más.

En el cruce de las Galerías Lafayette, el hombre saltó del ómnibus y subió al tranvía de la Muette. Siguieron por el bulevar Haussmann y la avenida Victor Hugo. Bajó en la estación de la Muette. Desde allí, con paso tranquilo, se dirigió al Bosque de Boulogne.

En el bosque iba de un camino a otro, volvía sobre sus pasos y se alejaba. ¿Qué estaba buscando? ¿Tendría algún objetivo?

Después de una hora dando vueltas, parecía agotado. De hecho, vio un banco y se sentó. Aquel lugar, muy cerca de Auteuil, junto a un pequeño lago que ocultaban los árboles, estaba completamente desierto. Transcurrió media hora. Ganimard, impaciente, decidió entablar conversación con él.

Se acercó y se sentó junto a Baudru. El inspector encendió un cigarrillo, dibujó unos círculos en la arena con el bastón y dijo:

—Pues no hace mucho calor, ¿verdad?

Silencio. Y, de pronto, en ese silencio, retumbaron unas carcajadas. Era una risa alegre, feliz, la risa de un niño con un ataque de risa que no puede dejar de reír. De manera clara y real Ganimard sintió que se le pusieron los pelos de la cabeza de punta. Aquella risa..., ¡conocía muy bien aquella maldita risa!

Con un gesto brusco, agarró al hombre por las solapas de la chaqueta y lo miró, profunda y violentamente, con mayor intensidad que cuando lo había mirado en la sala de la audiencia. Y, francamente, ese ya no era el hombre que había visto. Era ese hombre, sí, pero también el otro, el auténtico.

Con voluntad cómplice, Ba8udru recuperaba la mirada intensa, rellenaba la máscara demacrada, se veía la carne de verdad bajo la epidermis ajada, la boca real detrás del rictus que la deformaba. Y eran los ojos del otro, la boca del otro y, sobre todo, la expresión penetrante, viva, burlona, tan limpia y tan joven del otro.

—Arsène Lupin, Arsène Lupin —balbuceó.

Y, de buenas a primeras, Ganimard, lleno de rabia, le agarró del cuello y lo intentó derribar. A pesar de sus cincuenta años, tenía una fuerza poco corriente y, al contrario, su adversario parecía estar en bastante mala forma. Además, ¡menuda jugada si conseguía llevarlo de vuelta a la cárcel!

La lucha duró poco, Arsène Lupin casi no se defendió y Ganimard, igual de rápido que atacó, soltó la presa. Tenía el brazo derecho colgando, inerte, entumecido.

—Si en el Quai des Orfèvres les enseñaran *jiu-jitsu* —dijo Lupin—, sabría que esta llave en japonés se llama *udi shi ghi* —y añadió con frialdad—: un segundo más y le hubiera roto el brazo, así tendría su merecido. ¡Cómo puede ser que usted, un viejo amigo al que aprecio, al que he revelado voluntariamente mis más íntimos secretos, abuse de mi confianza! Eso está mal. ¡Pero bueno! ¿A usted qué le pasa? —Ganimard permaneció en silencio. Se consideraba responsable de la fuga, él, con su sensacional declaración, había inducido a error a la justicia, ¿o no? Aquella fuga le parecía la vergüenza de su carrera. Le cayó una lágrima al bigote gris—. ¡Eh! ¡Dios mío, Ganimard, no se preocupe! Si usted no lo hubiera dicho, me las habría arreglado para que otro lo dijera. ¿Cree que yo iba a permitir que condenaran a Désiré Baudru?

—Entonces —murmuró Ganimard—. ¿Era usted el que estaba allí? ¡Y es usted el que está aquí!

—Sí, siempre he sido yo y solo yo.

—¿Y cómo es posible?

—¡Vaya!, tampoco hay que ser un genio. Basta, como dijo el bueno del presidente del tribunal, con prepararse durante diez años para estar listo frente a cualquier eventualidad.

—Pero ¿y su cara? ¿Y sus ojos?

—Podrá comprender que si trabajé dieciocho meses en Saint-Louis con el doctor Altier no fue por amor al arte. Pensé que quien tendría algún día el honor de llamarse Arsène Lupin debía sustraerse de las leyes ordinarias de la apariencia e identidad. ¿La apariencia? Pues uno la modifica como le conviene. Determinada inyección hipodérmica de parafina inflama la piel justo donde uno quiere. El ácido pirogálico te convierte en mohicano. El jugo de la celidonia mayor te produce costras y tumefacciones de efecto impresionante. Un proceso químico actúa sobre el crecimiento de la barba y el pelo, otro sobre la voz. Añada a todo eso dos meses de dieta en la celda número 24 y unos ejercicios repetidos mil veces para abrir la boca con este rictus, para llevar la cabeza con esta inclinación y la espalda encorvada de este modo. Y, por último, cinco gotas de atropina en los ojos para conseguir una mirada aturdida y huidiza, y listo.

—No puedo entender que los guardias...

—La metamorfosis fue progresiva. Los guardias no pudieron notar la evolución día a día.

—¿Y Désiré Baudru?

—Baudru existe. Es un pobre inocente al que conocí el año pasado y que no deja de tener un cierto parecido conmigo. En previsión de un arresto siempre posible, lo llevé a un lugar seguro y me dediqué desde un principio a comprobar las diferencias entre nosotros, para minimizarlas todo lo posible. Mis amigos consiguieron que pasara una noche en la cárcel central, de manera que saliese de allí poco más o menos a la misma hora que yo y que fuera fácil comprobar esa coincidencia, porque, dese cuenta, era preciso que se encontrara el rastro de su paso por la cárcel, de lo contrario, la justicia se habría preguntado quién era yo. Mientras que, si le ofrecía al bueno de Baudru, era inevitable, ¿me entiende?, inevitable que se le echara encima y que, a pesar de las dificultades insuperables de una suplantación, prefiriera creer en esa suplantación antes que confesar su ignorancia.

—Sí, sí, claro —murmuró Ganimard.

—Y, además —exclamó Arsène Lupin—, yo jugaba con una baza formidable, una carta que había manipulado desde el principio: todo el mundo estaba a la expectativa de mi fuga. Y ese fue el gran error en el que cayeron, usted y todos, en esta apasionante partida que la justicia y yo habíamos iniciado, en la que nos jugábamos mi libertad: supusieron una vez más que yo fanfarroneaba, que me había deslumbrado el éxito como a un pipiolo. ¿Iba yo, Arsène Lupin, a cometer ese error? Igual que en el caso Cahorn, pero ¿cómo no pensaron: «Cuando Arsène Lupin dice a voz en grito que se fugará, es que tiene razones para hacerlo»? Pero, ¡caray!, tiene que entender que, para fugarme... sin fugarme, era imprescindible que todo el mundo creyera en esa fuga, que fuera artículo de fe, una convicción absoluta, una verdad como un templo. Y así fue porque yo lo quise. Arsène Lupin se fugará, Arsène Lupin no asistirá a su juicio. Y cuando usted se levantó para decir: «Este hombre no es Arsène Lupin», todo el mundo creyó inmediatamente que yo no era Arsène Lupin, lo contrario habría sido algo excepcional. Si una sola persona hubiera dudado, si una sola hubiera dicho sencillamente: «¿Y si fuera Arsène Lupin?», en ese mismo momento yo ya estaba perdido. Bastaba con acercarse a mí con la idea de que pudiera ser Arsène Lupin y no como lo hicieron usted y los demás, con la idea de que no era Arsène Lupin, porque, pese a todas las precauciones, me habrían reconocido. Pero yo estaba tranquilo. A nadie, lógica y psicológicamente, se le podía ocurrir esa simple idea. —De pronto, Lupin sujetó la mano de Ganimard—. Vamos, Ganimard, confiese que ocho días después de nuestra entrevista en la cárcel de la Santé, estuvo esperándome a las cuatro de la tarde, en su casa, como le había pedido que hiciera.

—¿Y el furgón penitenciario? —dijo Ganimard evitando responder.

—¡Un farol! Mis amigos trucaron y cambiaron ese coche viejo fuera de servicio, querían probar suerte. Pero yo sabía que no daría resultado sin un cúmulo de circunstancias excepcionales. Sencillamente, me pareció útil llevar a cabo ese intento de fuga y darle la mayor publicidad posible. Una primera fuga audazmente preparada daría a la segunda el valor de una fuga realizada.

—De modo que el puro...

—Lo preparé yo, igual que el cuchillo.

—¿Y las notas?

—También las escribí yo.

—¿Y la misteriosa mujer?

—Los dos éramos la misma persona. Puedo escribir con todas las caligrafías que quiera.

Ganimard se quedó un momento pensativo y añadió:

—¿Y cómo pudo ser que, en el servicio de antropometría, cuando vieron la ficha de Baudru, no se dieran cuenta de que coincidía con la de Arsène Lupin?

—Arsène Lupin no está fichado.

—¡Vamos, hombre!

—Bueno, la ficha es falsa. Di muchas vueltas a ese asunto. El sistema Bertillon de identificación antropométrica se basa en primer lugar en una identificación visual, y usted ya ha visto que eso no es infalible y, después, en el registro de cinco medidas, la de la cabeza, los dedos, las orejas, etcétera. Contra eso no hay nada que hacer.

—¿Y entonces?

—Entonces, tuve que pagar. Antes incluso de que regresara de América, uno de los empleados del servicio aceptó una determinada cantidad para anotar una medida falsa al principio de mis mediciones. Con eso basta para que todo el sistema se descuadre y una ficha se clasifique en un cuadro diametralmente opuesto al que le correspondería. Así que la ficha de Baudru no podía coincidir con la de Arsène Lupin.

Ambos permanecieron callados y luego Ganimard preguntó:

—¿Y ahora qué va a hacer?

—¡¿Ahora?! —exclamó Lupin—. Ahora voy a descansar, seguir un régimen de sobrealimentación y poco a poco volver a ser yo. Está muy bien eso de ser Baudru o cualquier otra persona, cambiar de personalidad como quien cambia de camisa y elegir tu aspecto, la voz, la mirada y la caligrafía. Pero llega un momento en que uno ya no se reconoce ni a sí mismo y eso es muy triste. Ahora me siento como debía de sentirse el hombre que perdió su sombra. Voy a buscarme y a encontrarme de nuevo. —Dio unos pasos de un lado a otro. Una cierta oscuridad se mezclaba con la luz del día. Lupin se detuvo delante de Ganimard—. Creo que ya no tenemos nada más que hablar.

—Sí —respondió el inspector—. Me gustaría saber si hará público el modo en que se fugó... El error que cometí...

—¡Tranquilo! Nadie sabrá jamás que el preso que soltaron era Arsène Lupin. Tengo mucho interés en rodearme de un halo de misterio para que esta fuga siga considerándose como algo milagroso. Así que no tema nada, amigo, y adiós. Voy a cenar al centro y tengo el tiempo justo para vestirme.

—¡Creía que solo quería descansar!

—Desgraciadamente, hay obligaciones sociales que no puedo eludir. Mañana empezaré a descansar.

—¿Y dónde va a cenar?

—En la embajada de Inglaterra.

4

EL MISTERIOSO VIAJERO

La víspera, había enviado mi automóvil a Ruan por carretera; yo tenía que viajar en tren, recogerlo y desde allí dirigirme a casa de unos amigos que viven a orillas del Sena.

Pero en París, pocos minutos antes de la salida del tren, siete señores invadieron mi compartimento; cinco de ellos fumaban. Por muy corto que fuera el trayecto en un tren rápido, la perspectiva de viajar en semejante compañía me resultó desagradable, sobre todo porque en el vagón, que era de los antiguos, no había pasillo. Así que recogí el abrigo, los periódicos, la guía de ferrocarriles y me refugié en uno de los compartimentos contiguos.

Allí había una señora. Al verme, hizo un gesto de contrariedad que no se me escapó y se inclinó hacia un señor que estaba de pie en el estribo, su marido sin duda, que la había acompañado a la estación. El señor me observó y probablemente salí airoso del examen porque, sonriendo, habló en voz baja con su mujer, como quien tranquiliza a un niño que tiene miedo. La mujer también sonrió y me dirigió una mirada amistosa, como si de pronto se diera cuenta de que yo era uno de esos hombres formales con los que una mujer puede estar encerrada durante dos horas en un habitáculo de medio metro cuadrado sin nada que temer.

El marido le dijo:

—No te enfades conmigo, querida, pero tengo una cita urgente y no puedo esperar más.

La besó cariñosamente y se fue. Ella le mandaba besitos discretos por la ventana y agitaba el pañuelo. Sonó el silbato y el tren se puso en marcha.

En ese preciso momento, y a pesar de las protestas de los empleados de la estación, se abrió la puerta y apareció un hombre en nuestro compartimento. Mi compañera, que estaba de pie guardando sus cosas en la red para equipajes, se asustó, soltó un grito y se cayó en el asiento.

Yo no soy miedoso, ni mucho menos, pero confieso que esas irrupciones de última hora siempre me resultan desagradables. Parecen equívocas, poco espontáneas... Debe de haber algo raro que...

Sin embargo, el recién llegado, con su aspecto y su actitud, consiguió rápidamente que cambiáramos la mala impresión que nos había causado su forma de comportarse. El hombre era correcto, casi elegante, llevaba una corbata de buen gusto, guantes limpios y tenía una cara enérgica... Pero, por cierto, ¿dónde demonios había visto yo esa cara? Porque, no me cabía la menor duda, la había visto. O por lo menos, para ser más exacto, yo tenía esa especie de recuerdo que te queda cuando has contemplado un retrato muchas veces, pero nunca has visto al personaje real. Y, al mismo tiempo, ese recuerdo era tan inconsistente y vago que me daba cuenta de que era inútil estrujarme la memoria.

Pero, cuando me fijé en la señora, me sorprendió su palidez y cómo se le había transformado la cara. Miraba a nuestro compañero de viaje —el hombre se había sentado en su lado— con una expresión de auténtico pavor y me di cuenta de que acercaba una mano temblorosa al bolsito de viaje que había dejado en el asiento, a veinte centímetros de sus rodillas. Acabó cogiéndolo muy nerviosa y poniéndolo junto a ella.

Cruzamos las miradas y vi en la suya tanto malestar y ansiedad que no pude dejar de preguntarle:

—¿Se encuentra bien, señora? ¿Quiere que abra la ventana?

La mujer no respondió, pero, con un gesto de miedo, me señaló al individuo. Yo sonreí igual que lo había hecho su marido, me encogí de hombros y le expliqué por señas que no tenía nada que temer, que allí estaba yo y que, además, aquel hombre parecía completamente inofensivo.

En ese momento, el hombre se volvió hacia nosotros, nos miró a los dos de pies a cabeza, se hundió más en su asiento y luego ya no se movió.

Todos nos quedamos callados, pero la viajera, como si hubiera hecho acopio de todas sus fuerzas para llevar a cabo un acto desesperado, me dijo con una voz que apenas se oía.

—¿Sabe usted quién está en el tren?
—¿Quién?
—Pues él..., él..., se lo aseguro.
—Pero ¿quién?
—¡Arsène Lupin!

Mi compañera no había apartado los ojos del viajero y parecía que le susurraba a él y no a mí las sílabas de aquel nombre que tanto la asustaba.

El otro se caló el sombrero hasta la nariz. No sé si para ocultar su desconcierto o si se disponía a dormir.

Yo le expliqué a la señora:

—Ayer condenaron a Arsène Lupin por rebeldía a veinte años de trabajos forzados. De manera que no es muy probable que hoy cometa la imprudencia de dejarse ver. Además, los periódicos dijeron que este invierno se le había visto en Turquía, después de la famosa fuga de la Santé, ¿no es así?

—Está en el tren —repitió la señora, con la clara intención de que lo oyera nuestro compañero de compartimento—. Mi marido es el subdirector de los servicios penitenciarios y el mismísimo comisario de la estación nos ha dicho que estaban buscando a Arsène Lupin.

—Eso no es motivo para...

—Lo vieron en el vestíbulo de la estación y compró un billete de primera clase para Ruan.

—Pues era fácil echarle el guante.

—Sí, pero desapareció. El interventor ya no lo vio entrar a la sala de espera, y se suponía que había cruzado por los andenes de los trenes de extrarradio y que se había subido al expreso que sale diez minutos después de nosotros.

—En ese caso, lo habrán atrapado en el expreso.

—¿Y si en el último momento saltó del expreso y subió a este tren... como es probable..., no, como es seguro? ¿Qué me dice?

—Entonces, lo atraparán aquí. Los empleados y los agentes habrán visto el cambio de tren y cuando lleguemos a Ruan lo recibirán como se merece.

—¿A él? ¡Eso nunca! Encontrará el modo de volver a escaparse.

—Pues entonces le deseo buen viaje.

—¿Y lo que pueda hacer durante el trayecto?

—¿Qué?

—¿Cree usted que yo lo sé? Pero de él cabe esperar cualquier cosa.

La mujer estaba muy nerviosa y, en realidad, la situación justificaba hasta cierto punto ese nerviosismo.

Muy a mi pesar le dije:

—Tiene razón, hay algunas coincidencias extrañas... Pero tranquilícese usted, señora. Si Arsène Lupin estuviera en uno de estos vagones se estaría muy quieto y en lugar de meterse en problemas, intentaría evitar el peligro.

Mis palabras no la tranquilizaron. Sin embargo, se calló, sin duda temía pecar de indiscreta.

Yo abrí el periódico y empecé a leer los artículos sobre el proceso de Arsène Lupin. Todo lo que decían ya se sabía, así que no me parecieron muy interesantes. Además, estaba cansado, había dormido mal, me pesaban los párpados y se me caía la cabeza.

—Pero bueno, señor, ¿no estará pensando usted en dormirse?

La señora me arrancó el periódico, mirándome muy enfadada.

—Por supuesto que no —respondí—. No tengo sueño.

—Sería una imprudencia por su parte —me dijo.

—Sí, una imprudencia —repetí.

Luché con fuerza contra el sueño mirando el paisaje y las nubes que ocultaban el cielo. Pero enseguida todo se nubló en el espacio, la imagen de la señora nerviosa y del señor dormitando se borraron de mi mente y el profundo silencio del sueño se apoderó de mí.

Aunque pronto unos sueños incoherentes y ligeros dieron vida a ese silencio. Un sujeto que interpretaba el papel de Arsène Lupin y se llamaba como él tenía cierto protagonismo. Se movía en el horizonte, cargando a la espalda objetos preciosos, traspasaba las paredes y se llevaba los muebles de los castillos.

Pero la silueta de ese sujeto que, por cierto, ya no era Arsène Lupin, se hizo más precisa. Se acercaba a mí, cada vez más grande, saltaba al vagón con una agilidad increíble y me caía de lleno encima del pecho.

Sentí un dolor fuerte y lancé un grito desgarrador. Me desperté. El hombre, el viajero, con una rodilla apoyada en mi pecho, me apretaba la garganta con las manos.

Apenas pude verlo porque tenía los ojos inyectados en sangre. También vi a la señora angustiada en un rincón, presa de un ataque de nervios. Yo ni siquiera intenté resistirme. Además, tampoco habría tenido fuerza, me palpitaban las sienes, me ahogaba..., estaba agonizando... Un minuto más y me habría asfixiado.

El hombre debió de darse cuenta porque aflojó la presión. Sin quitarse de encima, con la mano derecha estiró una cuerda a la que había hecho un nudo corredizo y con un gesto brusco me ató las muñecas. En un instante quedé atado, amordazado y completamente inmovilizado.

Y lo hizo de la forma más natural del mundo, con una facilidad que demostraba la sabiduría de un maestro, de un profesional del robo y el crimen. Sin una palabra ni un gesto de preocupación. Solo sangre fría y arrojo. Y ahí estaba yo, en el asiento de un tren, atado como una momia, ¡yo, Arsène Lupin!

La verdad, era como para echarse a reír. Y, pese a lo serio de las circunstancias, no dejaba de divertirme todo lo que tenía de irónico y gracioso la situación. ¡Arsène Lupin engañado como un novato, desvalijado como un infeliz! Porque, claro está, ¡el bandido me aligeró los bolsillos y se llevó mi cartera! Arsène Lupin convertido en víctima, embaucado, vencido... ¡Vaya aventura!

Faltaba la señora. El ladrón ni siquiera le prestó atención. Se limitó a recoger la bolsa que estaba en el suelo y a sacar las joyas, el monedero y las baratijas de oro y plata que había dentro. La señora abrió un ojo, se quitó los anillos temblando de miedo y se los dio como si hubiera querido evitarle cualquier esfuerzo inútil. El otro cogió los anillos y los miró: la mujer se desmayó.

Entonces, todavía en silencio y tranquilo, sin ocuparse ya de nosotros, volvió a su sitio, encendió un cigarrillo y se puso a examinar detenidamente el tesoro que había conquistado, examen que pareció dejarlo completamente satisfecho.

Yo estaba mucho menos satisfecho. Y no me refiero a los doce mil francos que me había desplumado indebidamente. Ese era un daño pasajero, porque entraba dentro de mis planes recuperar esos doce mil francos en el menor tiempo posible, lo mismo que los documentos, muy importantes, que guardaba en la cartera: proyectos, presupuestos, direcciones, listas de contactos, cartas comprometedoras. En ese momento, tenía una preocupación más acuciante y más seria: ¿qué iba a pasar?

Como cabe suponer, el alboroto que provocó mi aparición en la estación de Saint-Lazare no me había pasado desapercibido. Estaba invitado a casa de unos amigos que me conocían por el nombre de Guillaume Berlat, y para ellos mi parecido con Arsène Lupin era motivo de bromas cariñosas. Yo no había podido caracterizarme como me habría gustado y por eso me descubrieron en la estación. Además, se había visto a un hombre precipitarse del expreso al rápido. ¿Quién iba a ser ese hombre sino Arsène Lupin? Por lo tanto, habrían enviado un telegrama informando de mi presencia en el tren al comisario de policía de Ruan y este, con un respetable número de agentes, inevitable y necesariamente, estaría esperándome a la llegada, interrogaría a los viajeros sospechosos y registraría minuciosamente los vagones.

Yo tenía previsto todo eso, y no me preocupaba demasiado, estaba convencido de que la policía de Ruan no sería más perspicaz que la de París, así que podría pasar desapercibido, me bastaría con enseñar a la salida mi carné de diputado, el mismo que tanta confianza había inspirado al interventor de Saint-Lazare. ¡Pero cómo habían cambiado las cosas! Ya ni siquiera estaba libre. No podía intentar una de mis jugadas habituales. En uno de los vagones, el comisario descubriría al señor Arsène Lupin, que una oportuna casualidad se lo entregaba atado de pies y manos, manso como un cordero, empaquetado y ya listo. Solo tendría que aceptar la entrega, como quien recibe un paquete postal que le envían a la estación, ya sea una cesta de caza o una canasta de fruta y verdura.

¿Y qué podía hacer yo atado de pies y manos para evitar ese desafortunado desenlace?

Mientras tanto, el rápido volaba a Ruan, que era la siguiente y única estación, porque ya habíamos dejado atrás sin detenernos Vernon y Saint-Pierre.

Había otro problema que me preocupaba, en el que estaba menos directamente involucrado, pero cuya solución despertaba mi curiosidad profesional. ¿Qué intenciones tenía mi compañero de viaje?

Si yo hubiera estado solo, él tendría tiempo suficiente para bajar tranquilamente del tren en Ruan. Pero ¿y la señora? ¡En cuanto abrieran la puerta, aquella mujer, que en estos momentos estaba tan formal y humilde, empezaría a gritar, se revolvería y pediría socorro!

¡Aquello me tenía completamente intrigado! ¿Por qué no la reducía como a mí? Eso le habría dado la oportunidad de desaparecer antes de que nadie se diera cuenta de su doble fechoría.

El bandido fumaba constantemente, con la mirada fija en el exterior, que una lluvia titubeante empezaba a rayar con grandes líneas oblicuas. Una sola vez se dio la vuelta, cogió mi guía de ferrocarriles y la consultó.

La señora, por su parte, intentaba seguir desmayada, para tranquilizar a su enemigo, pero el humo le provocaba unos ataques de tos que contradecían el desvanecimiento.

Por lo que a mí respecta, me sentía muy incómodo y me dolían todos los músculos. Pero, mientras tanto, pensaba, planeaba...

Pasamos por Pont-de-l'Archel y Oissel. El rápido corría feliz, ebrio de velocidad.

Saint-Étienne... En ese momento, el hombre se levantó y avanzó dos pasos hacia nosotros, la señora se apresuró a reaccionar con otro grito y otro desvanecimiento, aunque esa vez no lo simuló.

Pero ¿cuál era el objetivo de aquel hombre? Bajó la ventana de nuestro lado. La lluvia caía cada vez con más rabia y el desconocido hizo un gesto que dio a entender claramente que aquello le suponía un problema, porque no tenía ni paraguas ni abrigo. Echó una mirada a la red de los equipajes: allí estaba el paraguas de la señora. Lo alcanzó. También agarró mi abrigo y se lo puso.

Estábamos cruzando el Sena. El hombre se remangó los pantalones, luego se asomó por la ventana y abrió el pestillo exterior.

¿Iba a saltar a la vía? A esa velocidad, le esperaba una muerte segura. El tren entró en el túnel de Sainte-Catherine. El hombre entreabrió la puerta y tanteó con el pie para encontrar el estribo. ¡Qué locura! Las tinieblas, el humo y mucho ruido, todo aquello daba al intento de huida unos tintes fantásticos. Pero, de pronto, el tren aminoró la marcha, los frenos se enfrentaron al esfuerzo de las ruedas. En un minuto, la velocidad del tren se redujo a la normal y aún disminuyó más. Sin lugar a dudas, estaban planificadas unas obras de refuerzo en esa parte del túnel que exigían a los trenes, quizá desde hacía unos días, circular a cámara lenta, y el hombre lo sabía.

Así que solo tuvo que poner el otro pie en el estribo, bajar al segundo peldaño e irse tranquilamente, no sin antes volver a echar el pestillo y dejar así la puerta cerrada.

Justo había desaparecido cuando la luz del día iluminó el humo de un color más blanco. Desembocamos en un valle. Otro túnel y estábamos en Ruan.

La señora recobró el conocimiento inmediatamente y lo primero que hizo fue lamentarse por sus joyas. Yo le imploraba con la mirada. Mi compañera de viaje me entendió y me quitó la mordaza que me ahogaba. También quería desatarme, pero se lo impedí.

—No, no, la policía tiene que ver todo tal cual está y que se haga una idea de quién es ese sinvergüenza.

—¿Y si tiro de la señal de alarma?

—Demasiado tarde, eso tendría que haberlo pensado mientras me atacaba.

—¡Pero me habría matado! ¡Ay, señor! ¡Le dije que Arsène Lupin viajaba en este tren! Lo reconocí inmediatamente por el retrato que han publicado los periódicos. Y ya ve, se ha marchado con mis joyas.

—Lo encontrarán, no se preocupe por eso.
—¡Encontrar a Arsène Lupin! Eso nunca.
—Pues depende de usted, señora. Escúcheme bien. Cuando lleguemos, pida ayuda y haga ruido desde la puerta. Vendrán agentes de policía y trabajadores de la estación. Entonces, cuénteles en pocas palabras lo que ha visto, cómo Arsène Lupin me agredió y después huyó, deles su descripción, un sombrero flexible, un paraguas, el suyo, y un abrigo entallado.
—El suyo —dijo la señora.
—¿Cómo que el mío? Claro que no, era el suyo. Yo no llevaba ningún abrigo.
—Me había parecido que él tampoco lo tenía cuando subió.
—Sí, sí... O puede ser una prenda que alguien olvidara en la red de los equipajes. De cualquier modo, él lo llevaba puesto cuando bajó del tren y eso es lo importante, un abrigo gris, entallado, recuerde usted... ¡Ah! Me olvidaba, dígales lo primero su nombre. El cargo de su marido hará que toda esa gente se esfuerce más en su tarea. —Estábamos llegando. La mujer ya se asomaba por la puerta. Yo continué dándole indicaciones con un tono un poco fuerte, casi imperativo, para que se grabasen mis palabras en su cerebro—: Dígales también mi nombre, Guillaume Berlat. En caso de necesidad, dígales que me conoce, eso nos hará ganar tiempo, es preciso que ventilen rápido la investigación preliminar, lo importante es que se centren en la persecución de Arsène Lupin, sus joyas... No se equivocará, ¿verdad? Guillaume Berlat, un amigo de su marido.
—Entendido, Guillaume Berlat. —Mi compañera empezó a llamar y a gesticular. El tren aún no se había detenido cuando ya subía a bordo un señor, al que seguían varios hombres. Había llegado el momento crucial. La señora, sin aliento, gritaba—: ¡Arsène Lupin nos ha atacado! ¡Me ha robado mis joyas! ¡Soy la señora Renaud, mi marido es el subdirector de los servicios penitenciarios! ¡Ah!, mire, precisamente ahí está mi hermano, Georges Ardelle, el director del Banco de Crédito de Ruan, usted tiene que conocerlo... —La mujer besó a un hombre joven que acababa de llegar y el comisario lo saludó, pero ella siguió hablando desconsolada—: Sí,

Arsène Lupin... Mientras el señor dormía se le tiró al cuello... El señor Berlat, amigo de mi marido.

El comisario preguntó:

—¿Y dónde está Arsène Lupin?

—Saltó del tren en el túnel, después de cruzar el Sena.

—¿Y está usted segura de que era él?

—¡Sí, estoy segura! Lo he reconocido perfectamente. Además, lo vieron en la estación de Saint-Lazare. Llevaba un sombrero flexible...

—No, un sombrero de fieltro duro, como ese —le corrigió el comisario, señalando mi sombrero.

—Un sombrero flexible, se lo garantizo —repitió la señora Renaud—, y un abrigo gris entallado.

—En efecto —murmuró el comisario, el telegrama especificaba el abrigo gris, entallado, con el cuello de terciopelo negro.

—El cuello de terciopelo negro, exacto —exclamó la señora Renaud, triunfante.

Yo respiré. ¡Pero qué valiente y qué excelente amiga era aquella mujer!

Entretanto, los agentes me habían desatado. Yo me mordí con fuerza el labio hasta hacerme sangre. Completamente encorvado y con el pañuelo en la boca, como es normal en un individuo que ha estado mucho tiempo en una posición incómoda y lleva en la cara la marca cruenta de una mordaza, le dije al comisario con un tono muy débil:

—Señor, era Arsène Lupin, no hay duda... Si se apresuran lo atraparán. Creo que puedo serles de alguna utilidad...

Desengancharon el vagón, para que la justicia pudiera buscar pruebas allí, y el tren siguió ruta a El Havre. Nos llevaron al despacho del jefe de estación a través de una multitud de curiosos que llenaban el andén.

En ese momento yo dudé, podía alejarme de allí con cualquier pretexto, ir a recoger mi coche y salir pitando. Quedarme era peligroso. Si se produjera algún incidente o si llegara un despacho de París estaría perdido.

Sí, pero ¿y mi ladrón? Contando solo con mis propios recursos y en una región que no me era familiar, no estaba seguro de encontrarlo.

«¡Bah! —pensé—. Nos la jugamos, nos quedamos. ¡Es una partida difícil de ganar, pero divertida de jugar! Y el reto merece la pena.»

Y cuando nos rogaban que volviéramos a prestar declaración provisionalmente, yo protesté:

—Señor comisario, en este momento Lupin nos lleva ventaja. Tengo el coche en el patio de la estación. Si quiere hacerme el honor de venir conmigo, intentaríamos...

El comisario sonrió con aire perspicaz.

—La idea no es mala, al contrario, es tan buena que ahora mismo nos ponemos a ello.

—¡Ah!

—Sí, señor, hace un rato que dos agentes fueron a buscarlo en bicicleta.

—¿Y adónde?

—A la misma salida del túnel. Allí recogerán pistas y testimonios y seguirán el rastro de Arsène Lupin.

Me encogí de hombros sin poder evitarlo.

—Sus dos agentes no conseguirán ni pistas ni testimonios.

—¿De verdad?

—Arsène Lupin se las habrá arreglado para que nadie lo viera salir del túnel. Habrá seguido la primera carretera y de allí...

—Y de allí a Ruan, donde lo atraparemos.

—No vendrá a Ruan.

—Entonces se quedará por los alrededores, donde aún estamos más seguros de...

—No, no se quedará por los alrededores.

—Vaya. ¿Y dónde se esconderá, pues?

Yo miré el reloj.

—En estos momentos, Arsène Lupin merodea cerca de la estación de Darnétal. A las diez cincuenta, es decir, dentro de veinte minutos, subirá al tren que va de Ruan a la Estación del Norte de Amiens.

—¿Usted cree? ¿Y cómo lo sabe?

—¡Dios mío! Es muy fácil. En el compartimento, Arsène Lupin consultó mi guía de ferrocarriles. ¿Por qué motivo? ¿Habría, quizá, cerca de donde desapareció, otra línea ferroviaria, una estación en esa línea y un tren que se detuviera en esa estación? Acabo de consultar la guía y así lo confirma.

—En honor a la verdad, señor, es una perfecta deducción. ¡Vaya capacidad!

Arrastrado por mi convencimiento, había cometido una torpeza demostrando tanta inteligencia. El comisario me miraba sorprendido y creí notar un atisbo de sospecha. Casi imposible, porque las fotografías que el Ministerio Fiscal había enviado a todas partes eran muy malas y representaban a un Arsène Lupin muy diferente del que ese señor tenía delante como para que pudiera reconocerme. Pero, aun así, el comisario estaba desconcertado, confusamente inquieto.

Hubo un silencio. Algo equívoco e incierto nos hizo callar. Yo sentí un escalofrío de malestar. ¿Iba a volverse la suerte contra mí? Me dominé y me eché a reír.

—Dios mío, no hay nada que te despierte más la inteligencia que perder una cartera y las ganas de encontrarla. Y creo que, si usted quisiera dejarme dos agentes, entre los tres podríamos quizá...

—¡Ay! Se lo ruego señor comisario —gritó la señora Renaud—. Escuche al señor Berlat.

La intervención de mi excelente amiga fue decisiva. Cuando ella, la mujer de un personaje influyente, pronunciaba mi nombre, Berlat se volvía realmente el mío y me otorgaba una identidad que ninguna sospecha pondría en tela de juicio. El comisario se levantó:

—Me haría muy feliz que lo lograra, señor Berlat, créame. Tengo tantas ganas como usted de detener a Arsène Lupin.

El comisario me acompañó hasta el automóvil. Dos de sus agentes, que me presentó como Honoré Massol y Gaston Delivet, subieron al coche. Yo me senté al volante. El mecánico giró la manivela. Unos segundos después salimos de la estación. Estaba salvado.

¡Pues sí! Confieso que mientras conducía por los bulevares que rodean la vieja ciudad normanda a gran velocidad, en mi Moreau-Lepton de treinta y cinco caballos, me sentía bastante orgulloso. El motor rugía con armonía. A derecha e izquierda, los árboles desaparecían detrás de

nosotros. Y, ya libre, fuera de peligro, solo tenía que ocuparme de solucionar mis asuntos personales con la ayuda de aquellos dos honrados representantes de las fuerzas de la ley. ¡Arsène Lupin iba en busca de Arsène Lupin!

Gaston Delivet y Honoré Massol, modestos defensores del orden público, ¡qué valiosa fue vuestra ayuda! ¿Qué habría hecho yo sin vosotros? ¿Cuántas veces me habría equivocado de camino en los cruces? Sin vosotros, Arsène Lupin se habría perdido y el otro habría escapado.

Pero no todo había acabado, ni mucho menos. Me faltaba, en primer lugar, atrapar a aquel individuo y luego conseguir los documentos que me había robado. Bajo ningún concepto, mis dos compinches podían meter las narices en esos papeles, y mucho menos incautarlos. Lo que yo quería era utilizar a aquellos dos hombres y actuar a sus espaldas, aunque eso no era tan fácil.

Llegamos a Darnétal tres minutos después de que hubiera pasado el tren. Es verdad que me tranquilizó saber que un individuo con un abrigo gris entallado y el cuello de terciopelo negro había subido a un compartimento de segunda clase con un billete a Amiens.

Definitivamente, mi estreno como policía prometía.

Delivet me dijo:

—Ese tren es un expreso que no para hasta Motérolier-Buchy, dentro de diecinueve minutos. En esa estación el tren se bifurca, si no llegamos antes, Arsène Lupin puede seguir hasta Amiens o desviarse hacia Clères y terminar en Dieppe o en París.

—¿A qué distancia está Montérolier?

—A veintitrés kilómetros.

—Veintitrés kilómetros en diecinueve minutos... Llegaremos antes.

¡Vaya recorrido impresionante! Nunca antes mi fiel Moreau-Lepton había respondido con tanto entusiasmo y precisión a mi ansiedad. Era como si yo le transmitiese mi voluntad directamente, sin la intervención de palancas ni pedales. El coche compartía mi pasión. Y aprobaba mi tenacidad. Comprendía mi animadversión hacia ese sinvergüenza de Arsène Lupin. ¡El muy embustero! ¡El muy traidor! ¿Le ganaría la partida? ¿Se burlaría otra vez de la autoridad, de esa autoridad que yo representaba?

—¡A la derecha! —gritaba Delivet— ¡A la izquierda! ¡Recto!...

Nos deslizábamos por encima del suelo. Los mojones parecían animalitos perezosos que desaparecían cuando nos acercábamos.

Y de pronto, a la vuelta de una curva, apareció un remolino de humo, el Expreso del Norte.

Durante un kilómetro, aquello fue un combate, uno al lado del otro, pero un combate en desigualdad de condiciones con un desenlace evidente. Cuando llegamos a la estación, habíamos ganado al tren por veinte cuerpos.

En tres segundos estábamos en el andén, delante de los vagones de segunda. Se abrieron las puertas. Bajaron algunas personas. Ni rastro del ladrón. Inspeccionamos los compartimentos. Allí no estaba Arsène Lupin.

—¡Maldita sea! —grité indignado—. Me habrá reconocido en el coche mientras íbamos en paralelo al tren y habrá saltado.

El jefe de tren confirmó la sospecha. Había visto a un hombre rodando por un terraplén, a doscientos metros de la estación.

—Mire, allí está. El que cruza el paso a nivel.

Me lancé corriendo hacia él, me seguían mis dos compinches o, mejor dicho, me seguía uno de ellos, porque el otro, Massol, resultó ser un corredor excepcional, tenía fondo y velocidad. En pocos segundos, disminuyó extraordinariamente la distancia que lo separaba del fugitivo. El hombre lo vio, saltó una cerca y se largó hacia un talud. Trepó el talud y ya lo vimos mucho más lejos, entrando en un bosque.

Cuando llegamos al bosquecillo, Massol nos estaba esperando. Le había parecido inútil arriesgarse más por miedo a perdernos.

—Le felicito, amigo —le dije—. Después de semejante carrera, ese tipo debe de estar sin aliento. Ya lo tenemos. —Examiné los alrededores mientras pensaba en cómo actuar para detener yo solo al fugitivo y poder así recuperar por mi cuenta lo que la justicia seguramente solo aceptaría entregarme después de una desagradable investigación. Luego, volví junto a mis compañeros—. Ya está, es muy fácil. Usted, Massol, póngase a la izquierda. Y usted, Delivet, a la derecha. Desde esos puestos, vigilen toda la línea posterior del bosque, ese bandido solo podrá salir de ahí, sin que ustedes lo vean, por esa calada, donde estaré yo. Si él no sale, entro yo y lo fuerzo a ir hacia uno de ustedes. Ustedes solo tienen que esperar. ¡Ah! Me olvidaba, en caso de alarma, disparen un tiro.

Massol y Delivet se alejaron cada uno por su lado. En cuanto desaparecieron, yo entré en el bosque, con las máximas precauciones para que nadie me viera ni oyera. El bosque estaba cubierto de una maleza frondosa, preparada para la caza, y la cortaban unos senderos muy estrechos por donde solo se podía caminar agachado, como si fueran unos subterráneos de vegetación.

Uno de esos senderos desembocaba en un claro, allí, en la hierba mojada, había huellas de pasos. Las seguí deslizándome con mucho cuidado por el monte bajo. Las huellas me llevaron al pie de un montículo pequeño. Encima del montículo había una casucha hecha con cascotes de yeso, medio derruida.

«Debe de estar ahí —pensé—. Ha elegido bien el puesto de vigilancia.»

Trepé hasta las proximidades de la construcción. Un ruido ligero me advirtió de su presencia y, efectivamente, lo vi de espaldas por una abertura.

En dos saltos me eché encima de él. Intentó apuntarme con el revólver que tenía en la mano. No le di tiempo y lo tiré al suelo, de tal manera que le quedaron los brazos debajo del cuerpo, torcidos, y yo le apoyaba la rodilla en el pecho con todo el peso de mi cuerpo.

—Escucha, amigo —le dije al oído—, soy Arsène Lupin. Vas a devolverme inmediatamente y por las buenas mi cartera y la bolsa de la señora, después, te libro de las garras de la policía y te alisto con mis amigos. Di solo una palabra: ¿sí o no?

—Sí —murmuró.

—Mejor para ti. Tenías muy bien planeado el golpe de esta mañana. Tú y yo nos entenderemos. —Me levanté. El individuo rebuscó en el bolsillo, sacó un cuchillo grande y quiso apuñalarme—. ¡Imbécil! —le grité.

Con una mano le paré el ataque y con la otra le lancé un golpe fuerte directo a la carótida, el que se llama «gancho a la carótida». Lo dejé inconsciente.

En la cartera encontré mis documentos y el dinero. Por curiosidad, cogí la suya. En un sobre dirigido a él leí su nombre: Pierre Onfrey.

Me estremecí. Pierre Onfrey, ¡el asesino de la calle Lafontaine, de Auteuil! Pierre Onfrey, el que había degollado a la señora Delbois y a sus dos hijas. Me incliné sobre él. Sí, era la misma cara que en el compartimento del tren me había recordado a alguien que ya había visto antes.

Pero el tiempo corría. Metí en un sobre dos billetes de cien francos y una tarjeta con estas palabras: «Arsène Lupin, a sus buenos amigos Honoré Massol y Gaston Delivet, en testimonio de mi agradecimiento».

Lo dejé bien a la vista en medio de la habitación junto a la bolsa de la señora Renaud. ¿Cómo no iba a devolvérsela a una excelente amiga que tanto me había ayudado?

Sin embargo, he de confesar que saqué de la bolsa todo lo que parecía tener algo de valor y dejé solo un peine de concha y el monedero vacío. ¡Qué demonios! Los negocios son los negocios. Y, además, sinceramente, el oficio de su marido era tan poco digno…

Faltaba el individuo. Empezaba a removerse. ¿Qué debía hacer? Yo no estaba en condiciones ni de salvarlo ni de condenarlo.

Le quité las armas y disparé al aire.

«Vendrán esos dos —pensé—. ¡Que se las apañe él solo! El destino dictará lo que tenga que ocurrir.»

Y me alejé corriendo por la calada.

Veinte minutos más tarde, por un atajo que había visto mientras perseguíamos al fugitivo, llegué a mi automóvil.

A las cuatro de la tarde, envié un telegrama a mis amigos de Ruan, diciéndoles que un imprevisto me obligaba a posponer mi visita. Entre nosotros, mucho me temo que, teniendo en cuenta lo que ahora deben de saber, me vea obligado a posponerla definitivamente. ¡Qué cruel desilusión para ellos!

A las seis de la tarde, llegaba de vuelta a París por L'Isle-Adam, Enghien y la Puerta Bineau.

Por los periódicos de la tarde me enteré de que la policía, por fin, había conseguido capturar a Pierre Onfrey.

Al día siguiente, no desdeñemos las ventajas de una publicidad inteligente, *L'Écho de France* publicaba la siguiente sensacional reseña:

> Ayer, en las inmediaciones de Buchy, y tras muchos contratiempos, Arsène Lupin llevó a cabo la detención de Pierre Onfrey. El asesino de la calle Lafontaine acababa de robar a la señora Renaud, mujer del subdirector de los servicios penitenciarios, en el tren que cubre la línea París-El Havre. Arsène Lupin devolvió a la señora Renaud la bolsa que contenía sus joyas y recompensó generosamente a los dos agentes de la Seguridad que lo habían ayudado en el transcurso de esa dramática detención.

EL COLLAR DE LA REINA

Dos o tres veces al año, en las grandes ocasiones, como los bailes de la embajada de Austria o las veladas de lady Billingstone, la condesa de Dreux-Soubise se ponía sobre la piel muy blanca de su cuello el collar de la reina.

Era este un collar muy famoso, el collar legendario que Bohmer y Bassenge, joyeros de la corte, diseñaron para la du Barry; luego, el cardenal Rohan-Soubise creyó regalarlo a María Antonieta, reina de Francia y, una noche de febrero de 1875, la estafadora Jeanne de Valois, condesa de la Motte, lo desmontó, con ayuda de su marido y de su cómplice Rétaux de Villette.

A decir verdad, solo la montura era auténtica. Rétaux de Villette la había conservado, mientras que el señor de la Motte y su mujer dispersaron a los cuatro vientos las piedras desengastadas brutalmente, las admirables piedras que con tanto cuidado había seleccionado Bohmer. Más tarde, en Italia, Rétaux la vendió a Gaston de Dreux-Soubise, sobrino y heredero del cardenal, quien lo había salvado de la ruina cuando se produjo la estrepitosa bancarrota de Rohan-Guémenée y, en recuerdo de su tío, volvió a comprar los pocos diamantes que quedaban en poder del joyero inglés Jefferys, los completó con otros de un valor muy inferior, pero idéntico tamaño, y consiguió reconstruir el maravilloso collar esclava, tal y como había salido de manos de Bohmer y Bassenge.

Los de Dreux-Soubise se enorgullecieron de esta joya histórica durante casi un siglo. A pesar de que diversas circunstancias habían disminuido notablemente su fortuna, prefirieron reducir su tren de vida antes que renunciar a la real y preciosa reliquia. Especialmente el conde actual se aferraba esa joya como quien se aferra a la casa de sus padres. Por precaución había contratado una caja fuerte en el Crédit Lyonnais para guardarlo. Allí solía ir a buscarlo él mismo por la tarde los días que su mujer quería lucirlo, y él mismo lo depositaba en el banco al día siguiente.

Aquella noche, en la recepción del palacio de Castille —la aventura se remonta a principios de siglo— la condesa tuvo un auténtico éxito y el rey Christian, en cuyo honor se celebraba la fiesta, se fijó en su magnífica belleza. Las piedras preciosas resplandecían alrededor de su gracioso cuello. Las mil facetas de los diamantes brillaban y chispeaban como llamas con la claridad de las luces. Parecía que solo ella pudiera llevar el peso de semejante aderezo con tanta naturalidad y elegancia.

Eso supuso un doble triunfo para el conde de Dreux, que lo saboreó profundamente y del que tanto se alegró cuando el matrimonio ya estaba de vuelta en su habitación del antiguo palacete del Faubourg Saint-Germain. Quizá estaba tan orgulloso de su mujer como de la joya que distinguía su casa desde hacía cuatro generaciones. Y por ese motivo su mujer se sentía puerilmente vanidosa, aunque también ese era un rasgo destacado de su carácter altanero.

La condesa, no sin cierto pesar, se quitó el collar del cuello y se lo entregó a su marido, que se quedó mirándolo fascinado, como si fuera la primera vez que lo veía. Después de guardarlo en su estuche de cuero rojo con el escudo del cardenal, pasó a un gabinete contiguo, completamente aislado del dormitorio, más bien una especie de alcoba, cuya única entrada estaba al pie de la cama. El conde, como siempre, escondió el estuche en una balda a bastante altura, entre sombrereras y montones de ropa blanca. Cerró la puerta y se puso el pijama.

Por la mañana, se levantó hacia las nueve con la intención de ir antes del almuerzo al Crédit Lyonnais. Se vistió, bebió una taza de café y bajó a las caballerizas. Allí repartió instrucciones. Le preocupaba uno de los caballos. Mandó que lo pusieran al paso y al trote delante de él en el patio. Luego regresó junto a su mujer.

La condesa no había salido de la habitación, y allí estaba peinándose con ayuda de su doncella. Al verlo le preguntó:

—¿Vas a salir?

—Sí. Voy a hacer esa gestión...

—¡Ah! Es verdad... Sí, es más prudente.

El conde entró en el gabinete. Pero, al cabo de unos segundos, sin la menor sorpresa, por cierto, le preguntó a su mujer:

—¿Has cogido el collar, querida?

La condesa le respondió:

—¿Cómo? Claro que no, yo no he cogido nada.

—¿Lo has cambiado de sitio?

—Por supuesto que no, ni siquiera he abierto esa puerta.

El conde apareció en la habitación descompuesto, balbuceaba con una voz que apenas se oía:

—¿Tú no lo has...? ¿No has sido tú? Entonces... —Su mujer corrió al gabinete y los dos empezaron a buscar el collar frenéticamente, tirando las sombrereras por el suelo y deshaciendo las pilas de ropa blanca—. Es inútil, todo lo que hagamos es inútil... Yo lo puse aquí, aquí mismo, en esta balda.

—Puedes haberte equivocado.

—Lo dejé aquí, aquí mismo, en esta balda y en ninguna otra.

Encendieron una vela, porque la habitación era bastante oscura, sacaron toda la ropa y las cosas que estorbaban. Cuando ya no quedó nada en el gabinete, tuvieron que admitir desesperados que el famoso collar, el collar esclava de la reina, había desaparecido.

La condesa, de carácter decidido, no quiso perder el tiempo lamentándose y mandó llamar al comisario, el señor Valorbe. Los condes lo conocían y valoraban mucho su mente astuta y su lucidez. Le pusieron al corriente de lo ocurrido con todo detalle e inmediatamente preguntó:

—Señor conde, ¿está usted seguro de que nadie pudo pasar por su habitación durante la noche?

—Completamente seguro. Tengo un sueño muy ligero. Es más, la puerta de esta habitación estaba cerrada con cerrojo. Esta mañana tuve que abrirlo cuando mi mujer llamó a su doncella.

—¿Y no hay ninguna otra forma de entrar en el gabinete?

—Ninguna.

—¿No tiene ventana?

—Sí, pero está condenada.

—Me gustaría comprobarlo yo mismo...

Encendieron varias velas e inmediatamente el señor Valorbe advirtió que la ventana solo estaba condenada hasta media altura, la tapaba un aparador y, además, este no estaba exactamente pegado a la ventana.

—Está suficientemente pegado, es imposible desplazarlo sin hacer mucho ruido —respondió el señor de Dreux.

—¿Y adónde da la ventana?

—A un pequeño patio interior.

—¿Hay otra planta encima de esta?

—Dos, pero a la altura de la planta del servicio el patio está protegido con una reja de malla pequeña. Por eso hay tan poca luz. —Separaron el aparador y comprobaron que la ventana estaba cerrada, lo que habría sido imposible si alguien hubiera entrado desde fuera—. A menos —aclaró el conde—, que ese alguien hubiera salido por nuestra habitación.

—En cuyo caso, usted no habría encontrado el cerrojo de la habitación echado. —El comisario se quedó pensativo un momento y luego se dirigió a la condesa—: ¿Las personas de su entorno sabían que usted llevaría el collar anoche?

—Algunas sí, es algo que no oculto. Pero nadie sabe que lo guardamos en el gabinete.

—¿Nadie?

—Nadie. A no ser que...

—Se lo ruego, señora, aclare esta cuestión. Es uno de los detalles más importantes.

La condesa le dijo a su marido:
—Estaba pensando en Henriette.
—¿Henriette? Ella, igual que los demás, no conoce este detalle.
—¿Estás seguro?
—¿Quién es esa señora? —preguntó el señor Valorbe.
—Una amiga del convento, que se distanció de su familia por casarse con una especie de obrero. Cuando murió su marido, yo la recogí con su hijo y le acondicioné un apartamento en este mismo palacete. —Y añadió avergonzada—: Me presta algún servicio, es muy mañosa.
—¿En qué planta vive?
—En la nuestra, cerca de los otros, al final de este pasillo. Y estoy pensando..., la ventana de su cocina...
—Da a este patio, ¿no es así?
—Sí, está justo enfrente de la nuestra.
Después de ese comentario, se hizo un breve silencio.
Luego, el señor Valorbe pidió que lo llevaran a ver a Henriette.
La encontraron cosiendo con su hijo, un crío de seis o siete años, leyendo a su lado. El comisario, bastante asombrado al ver el miserable apartamento que la condesa había acondicionado para aquella mujer, una habitación sin chimenea y un cuartucho que hacía las veces de cocina, la interrogó. Henriette pareció consternada cuando se enteró del robo. La noche anterior, ella misma había vestido a la condesa y después le puso el collar en el cuello.
—¡Dios mío! —dijo—, ¿quién se lo iba a imaginar?
—¿Y usted no tiene ni idea? ¿Ni la menor sospecha? Es posible que el culpable haya pasado por su habitación.
La mujer se rio de buena gana, sin imaginarse siquiera que pudiera pasárseles por la cabeza sospechar de ella, y respondió:
—Pero si no he salido de mi habitación. No salgo nunca. Además, mire usted. —Abrió la ventana del cuartucho—. Ya ve, hay más de tres metros hasta el alféizar de la ventana de enfrente.
—Y ¿quién le ha dicho a usted que estamos barajando la hipótesis de que robaron el collar por la ventana?

—¿Pero el collar no estaba en el gabinete?

—¿Y usted cómo lo sabe?

—Pues yo siempre he sabido que por la noche lo guardan en el gabinete. Lo han comentado delante de mí.

Su rostro, aún joven pero envejecido por los sufrimientos de la vida, dejaba ver mucha delicadeza y resignación. Sin embargo, de pronto, en el silencio que se hizo mostró una expresión de angustia, como si la amenazara algún peligro. Atrajo a su hijo hacia ella y el niño le cogió la mano y la besó con cariño.

—No creo que sea sospechosa —dijo el señor de Dreux al comisario cuando se quedaron solos—. Yo respondo por ella. Es la honradez personificada.

—Sí, soy de su misma opinión —afirmó el señor Valorbe—. Más bien, había pensado en una complicidad inconsciente. Pero reconozco que debemos abandonar esa hipótesis, porque no resuelve de ninguna manera el problema al que nos enfrentamos.

El comisario no siguió adelante con la investigación y la trasladó al juez de instrucción, quien la fue completando durante los días siguientes. Se interrogó al servicio, se comprobó el estado del cerrojo, se probó el cierre y la abertura de la ventana del gabinete, se inspeccionó el patio de arriba abajo... Todo resultó inútil. El cerrojo estaba intacto. La ventana no podía abrirse ni cerrarse desde fuera.

Las investigaciones apuntaron principalmente a Henriette porque, a pesar de todo, siempre recaían hacia ese lado. Se hurgó en su vida minuciosamente y se comprobó que en los últimos tres años solo había salido cuatro veces del palacete, y las cuatro para hacer unas compras que pudieron verificarse. En realidad, era la doncella y la costurera de la señora de Dreux, y esta tenía una actitud con ella de tal severidad que todo el servicio lo comentó confidencialmente.

—Por otra parte —decía el juez de instrucción, que, al cabo de una semana, llegó a las mismas conclusiones que el comisario—, aun admitiendo que conociéramos al culpable, y todavía no hemos llegado a eso, no sabríamos cómo se cometió el robo. Nos lo impiden dos obstáculos, por un lado y por otro: una puerta y una ventana cerradas. ¡Hay una doble incógnita! ¿Cómo pudo entrar el ladrón? Y, lo que es mucho más difícil, ¿cómo pudo escabullirse dejando tras de sí una puerta con el cerrojo echado y una ventana cerrada?

Después de cuatro meses de investigaciones, el juez llegó a una íntima opinión: los señores de Dreux, apremiados por necesidades económicas, habían vendido el collar de la reina. Y cerró el caso.

El robo de la preciosa joya supuso para los de Dreux-Soubise un golpe del que se resintieron durante mucho tiempo. Esa especie de reserva que significaba aquel tesoro ya no respaldaba sus créditos y se encontraron con acreedores más exigentes y prestamistas menos dispuestos. Tuvieron que recortar gastos por lo sano y traspasar e hipotecar bienes. En fin, aquello habría sido su ruina si no los hubiesen salvado dos buenas herencias de unos parientes lejanos.

También sufrieron en su orgullo, como si con el collar hubieran perdido uno de sus cuartos de nobleza. Y, cosa extraña, la condesa arremetió contra su antigua amiga del convento. Estaba completamente resentida con ella y la acusaba descaradamente. Primero la relegó a la planta del servicio y luego, de un día para otro, la despidió.

Y la vida transcurrió sin mayores acontecimientos. Los condes viajaron mucho.

Solo hay un hecho destacable en esa época. Unos meses después de que se fuera Henriette, la condesa recibió una carta que la dejó muy sorprendida.

> Señora:
> No sé cómo agradecérselo. Porque es usted quien me ha enviado esto, ¿no es cierto? Solo puede ser usted. Nadie más sabe que me retiré a esta pequeña aldea. Si me equivoco, discúlpeme y reciba al menos mi gratitud por sus bondades del pasado...

¿Qué quería decir aquella mujer? La bondades presentes o pasadas de la condesa hacia Henriette se reducían a muchas injusticias. ¿Qué significaba ese agradecimiento?

Cuando le exigieron una explicación, la antigua doncella respondió que había recibido por correo, en un sobre sin certificar ni remitente, dos billetes de mil francos. El sobre, que enviaba con su respuesta, estaba sellado en París y solo tenía la dirección de Henriette, escrita con una letra evidentemente disimulada.

¿De dónde procedían esos dos mil francos? ¿Quién se los había enviado? Se informó a la justicia. Pero ¿qué pista podía seguirse en todo aquel asunto tan oscuro?

Y ocurrió lo mismo doce meses después. Y una tercera vez; y una cuarta vez; y así se repitió durante seis años, con la diferencia de que en el quinto y sexto año se duplicó la cantidad, lo que permitió a Henriette, que cayó repentinamente enferma, cuidarse en condiciones.

Otra diferencia: la administración de correos se incautó de una de las cartas con la excusa de que no tenía remitente; las dos últimas cartas se enviaron, cumpliendo con las normas, la primera desde Saint-Germain y la otra de Suresnes. El remitente firmó en la primera ocasión con el nombre de Anquety y después con el de Péchar. Las direcciones que dio eran falsas.

Al cabo de seis años, Henriette murió. El misterio quedó sin resolver.

Todos estos acontecimientos se hicieron públicos. Fue un asunto que cautivó a la población. Un destino extraño el de aquel collar que, después de haber conmocionado a Francia a finales del siglo xviii, volvió a despertar tanto interés ciento veinte años más tarde. Sin embargo, nadie sabe lo que voy a contar, salvo los principales implicados y algunas personas más a las que el conde pidió silencio absoluto. Como es probable que cualquier día falten a su promesa, yo no tengo ningún escrúpulo en revelarlo, para que así se sepa la clave del secreto al mismo tiempo que la explicación de la carta que publicaron los periódicos antes de ayer por la mañana. Una carta extraordinaria que añadía, si eso fuera posible, un poco más de sombra y misterio a la oscuridad de este drama.

De esto hace ya cinco años. Entre los invitados que almorzaban aquel día en casa de los señores de Dreux-Soubise se encontraban sus dos sobrinas y una prima y, respecto a los hombres, el presidente de Essaville, el diputado Bochas, el caballero Floriani, a quien el conde había conocido en Sicilia, y el general marqués de Rouzières, un antiguo amigo de su círculo social.

Tras el almuerzo, las señoras sirvieron el café y permitieron a los señores encender sus puros con la condición de que no se fueran del salón. Estuvieron charlando y una de las jóvenes se entretuvo echando las cartas y prediciendo el futuro. Luego pasaron a comentar crímenes famosos. Y hablando de eso, el señor de Rouzières, quien nunca perdía la ocasión de pinchar al conde, recordó el asunto del collar, un tema de conversación que horrorizaba al señor de Dreux.

Enseguida, todos expresaron su parecer. Cada uno rehízo la instrucción del caso a su modo. Y, por supuesto, todas las hipótesis se contradecían y todas eran igual de inadmisibles.

—¿Y usted, señor? —preguntó la condesa al caballero Floriani—. ¿Usted qué opina?

—Pues yo, señora, no tengo opinión sobre ese tema. —Todos protestaron. Precisamente Floriani acaba de contar brillantemente varias aventuras en las que se había visto involucrado con su padre, un magistrado de Palermo, y había quedado clara su inteligencia y cuánto le gustaban ese tipo de asuntos—. Tengo que confesar —dijo Floriani— que he conseguido triunfar donde otras personas más capaces que yo ya se habían rendido. Pero de eso a considerarme Sherlock Holmes... Además, casi no sé nada de ese asunto. —Los invitados miraron al anfitrión. El conde a regañadientes tuvo que hacer un resumen de los hechos. El caballero escuchó, se quedó pensativo, hizo algunas preguntas y finalmente murmuró—: Es curioso, a primera vista no me parece algo tan difícil de resolver. —El conde se encogió de hombros, pero los demás mostraron mucho interés y Floriani siguió hablando con un tono algo dogmático—: En general, para llegar al autor de un crimen o un robo, hay que establecer cómo se produjo el crimen o el robo. En este caso, en mi opinión, no hay nada más sencillo, porque no nos encontramos frente a varias hipótesis, sino frente a un hecho, un hecho único, riguroso y que se presenta de la siguiente manera: el individuo solo pudo entrar por la puerta de la habitación o por la ventana del gabinete. Ahora bien, es imposible abrir desde el exterior una puerta con el cerrojo echado. Entonces, entró por la ventana.

—Estaba cerrada y la encontramos cerrada —afirmó el señor de Dreux.

—Para eso —siguió Floriani, sin hacer caso de la interrupción—, solo hacía falta instalar un puente, con una tabla o una escalera, entre el balcón de la cocina y el alféizar de la ventana y en cuanto el estuche...

—¡Pero le repito que la ventana estaba cerrada! —dijo con voz fuerte el conde, que parecía impacientarse.

Esta vez, Floriani tuvo que responderle. Y lo hizo con mucha tranquilidad, como si a él no le preocupara lo más mínimo una pega tan insustancial.

—Quiero creer que lo estaba, pero ¿hay un tragaluz en la ventana?

—¿Y usted cómo lo sabe?

—Para empezar, eso es casi una norma en los palacetes de esa época. Y, además, tiene que ser así porque, de otro modo, el robo sería inexplicable.

—Es cierto, la ventana tiene un tragaluz, pero estaba cerrado igual que la ventana. Ni siquiera le prestamos atención.

—Pues esa fue su equivocación. Porque si le hubieran prestado atención, habrían visto evidentemente que alguien lo había abierto.

—¿Y cómo?

—Supongo que ese tragaluz, igual que todos, se abre con un alambre de hierro trenzado que tiene una anilla en el extremo inferior, ¿no es así?

—Sí.

—¿Y la anilla colgaba entre la ventana y el aparador?

—Sí, pero no entiendo...

—Ya está. El ladrón pudo hacer una rendija en el cristal y con cualquier cosa, pongamos, por ejemplo, una varilla de hierro con un gancho, alcanzar la anilla, tirar de ella y abrir el tragaluz.

El conde respondió burlonamente:

—¡Perfecto! ¡Perfecto! Usted lo soluciona todo con una facilidad... Pero se olvida de algo, querido amigo, no había una rendija en el cristal.

—Había una rendija.

—Vamos, la habríamos visto.

—Para ver hay que mirar y no miraron. La rendija existe y es materialmente imposible que no esté a lo largo del cristal, en la masilla..., obviamente en sentido vertical.

El conde se levantó. Parecía muy nervioso. Dio dos o tres vueltas por el salón con un paso rápido y se acercó a Floriani:

—No se ha cambiado nada en el gabinete desde ese día, nadie ha puesto un pie dentro.

—Entonces, señor, tiene la posibilidad de ir a comprobar si esta explicación concuerda con la realidad.

—No concuerda con ninguno de los hechos que la justicia comprobó. Usted no vio nada, usted no sabe nada y todo lo que usted dice va en contra de lo que nosotros vimos y de todo lo que sabemos.

Floriani no pareció darse cuenta de lo enfadado que estaba el conde y le dijo con una sonrisa:

—¡Por Dios, señor! Yo solo intento aclarar las cosas, eso es todo. Y si estoy equivocado, demuestre mi error.

—Ahora mismo... Le confieso que a la larga su seguridad... —El señor de Dreux masculló aún algunas frases y luego, de pronto, se dirigió a la puerta y salió. Nadie dijo ni una palabra. Todos esperaban ansiosos, como si realmente fuera a surgir una parte de la verdad. Y el silencio era muy tenso. Por fin, apareció el conde en la puerta. Estaba pálido y especialmente nervioso. Con una voz temblorosa les dijo a sus amigos—: Les pido disculpas. Eran tan imprevisibles las explicaciones del señor Floriani... Nunca habría pensado...

Su mujer le preguntó impaciente:

—Habla, te lo suplico. ¿Qué pasa?

El conde balbuceó:

—Hay una rendija, exactamente donde ha indicado, a lo largo de la ventana. —Sujetó bruscamente del brazo al caballero y le dijo con un tono imperativo—: Y ahora, señor, continúe. Reconozco que hasta aquí usted tenía razón; pero esto no ha terminado. Responda, ¿qué cree usted que pasó?

Floriani se desprendió tranquilamente de la mano del conde y, tras un instante, siguió con su relato.

—Pues bien, yo creo que pasó lo siguiente: el individuo sabía que la señora de Dreux iría al baile con el collar y colocó la pasarela mientras ustedes estaban fuera de casa. Estuvo vigilándolos desde la ventana y le vio a usted, señor conde, esconder la joya. En cuanto usted salió del gabinete, él cortó el cristal y tiró de la anilla.

—De acuerdo, pero hay demasiada distancia para que pudiera alcanzar la manilla de la ventana desde el tragaluz.

—Si no pudo abrir la ventana, entonces entró por el tragaluz.

—Imposible, ningún hombre es tan delgado como para meterse por ahí.

—Entonces, no fue un hombre.

—¡Qué dice!

—Así es. Si el espacio es demasiado pequeño para un hombre, tuvo que ser un niño.

—¡Un niño!

—¿No me dijo que su amiga Henriette tenía un hijo?

—Sí..., un hijo que se llamaba Raoul.

—Pues es muy probable que fuera ese Raoul quien cometiera el robo.

—¿Y qué prueba tiene usted de eso?

—¿Qué prueba? Pues pruebas no faltan. Por ejemplo... —Floriani se calló y estuvo unos segundos pensando. Luego continuó—: Por ejemplo, es imposible pensar que el niño hubiera traído la pasarela de fuera sin que nadie lo viera. Debió de usar algo que tuviese disponible. En el cuartucho donde Henriette cocinaba ¿había unas repisas enganchadas a la pared donde la mujer dejaba las cacerolas?

—Dos repisas, si no recuerdo mal.

—Habría que comprobar si esas tablas están completamente fijas a los codales de madera que las sostienen. Si no es así, podríamos pensar que el niño las desclavó y luego las ató una a otra. A lo mejor, como en la cocina había un horno, también encontró allí el gancho del horno que utilizó para abrir el tragaluz.

El conde salió del salón sin decir ni una palabra y esta vez los asistentes ya ni siquiera sintieron la pequeña ansiedad por lo desconocido que experimentaron la primera vez. Sabían, y lo sabían terminantemente, que las previsiones de Floriani eran exactas. Ese hombre transmitía una sensación de certeza tan precisa que ya no lo escuchaban como si dedujera unos hechos de otros, sino como si relatara unos acontecimientos cuya autenticidad era fácil de comprobar sobre la marcha.

Y nadie se sorprendió cuando llegó el conde y afirmó:

—Fue el niño, fue él, todo lo demuestra.

—¿Ha visto las tablas y el gancho del horno?

—Los he visto, desclavó las tablas y el gancho sigue ahí.

La señora de Dreux-Soubise gritó:

—¿Que fue el crío? Querrás decir más bien que fue su madre. Henriette es la única culpable. Le habría obligado...

—No —afirmó el caballero Floriani—. La madre no tuvo nada que ver en ese asunto.

—¡Por favor! Vivían en la misma habitación, el niño no habría podido hacerlo a espaldas de Henriette.

—Sí, vivían en la misma habitación, pero todo sucedió en la otra habitación, mientras la madre dormía.

—¿Y el collar? —dijo el conde—. Lo habríamos encontrado entre las cosas del niño.

—¡Perdón! El niño sí salía a la calle. Esa misma mañana cuando lo sorprendieron delante de su pupitre, llegaba del colegio y, a lo mejor, la justicia, en lugar de agotar todos sus recursos con la madre inocente, habría hecho mejor registrando el pupitre del niño, entre los libros de clase.

—Lo admito, pero los dos mil francos que Henriette recibía todos los años ¿no son una clara señal de complicidad?

—Si hubiera sido cómplice, ¿le habría dado las gracias por el dinero? Además, ¿no la tenían vigilada? Mientras que el niño era libre y tenía toda clase de facilidades para correr al pueblo más cercano, conchabarse con cualquier perista y cederle a un precio de risa un diamante o dos diamantes, según las circunstancias, con la única condición de que enviara el dinero desde París y de que hiciera lo mismo al año siguiente.

Un malestar indefinible agobiaba a los de Dreux-Soubise y a sus invitados. Realmente, en el tono y en la actitud de Floriani había algo más que esa seguridad que, desde el principio, irritó al conde. Su actitud era como irónica, pero de una ironía que parecía más hostil que simpática y amistosa, como hubiera sido normal.

El conde fingió reír.

—¡Todo esto es tan sumamente ingenioso que me tiene fascinado! ¡Enhorabuena! ¡Qué brillante imaginación!

—No, claro que no —exclamó Floriani muy serio—. Yo no imagino nada, solo sugiero unas circunstancias que fueron necesariamente tal y como las estoy exponiendo.

—¿Y usted qué sabe?

—Lo que usted mismo me dijo. Yo me imagino la vida de la madre y el hijo, allá en una provincia remota, la madre que cae enferma, las artimañas e invenciones del pequeño para vender las piedras preciosas y salvar a su madre o al menos dulcificar sus últimos momentos. La enfermedad se la lleva. La madre muere. Pasan los años. El niño crece y se convierte en un hombre. Y entonces, ahora sí admitiré que doy rienda suelta a la imaginación, supongamos que ese hombre siente la necesidad de volver al lugar donde vivió su infancia, lo ve de nuevo, se reencuentra con los que sospecharon de su madre y la acusaron... ¿Se imaginan ustedes la curiosidad desgarradora de semejante conversación en la antigua casa donde se desarrollaron las peripecias del drama?

Sus palabras resonaros durante unos segundos en un silencio nervioso, en el rostro de los de Dreux se leía un esfuerzo desesperado por comprender y al mismo tiempo el miedo y la angustia de comprender. El conde murmuró:

—Señor, ¿y quién es usted?

—¿Yo? Pues el caballero Floriani que conoció usted en Palermo y al que ha sido tan amable de invitar ya varias veces a su casa.

—Entonces, ¿qué significa esta historia?

—¡Madre mía! ¡Absolutamente nada! Para mí solo es un juego. Intento imaginar la alegría que le daría al hijo de Henriette, si aún vive, decirle a usted que él fue el único culpable, y que lo hizo porque su madre se sentía muy desgraciada cuando estaba a punto de perder el puesto de... doncella del que vivía, y porque el hijo sufría viendo a su madre tan desgraciada.

Floriani se expresaba con una emoción contenida, medio erguido y medio inclinado hacia la condesa. Ya no quedaba ninguna duda. El caballero Floriani era el hijo de Henriette. Todo, su actitud y sus palabras, lo proclamaba. De hecho, ¿no era esa su evidente intención, no quería precisamente que lo reconocieran?

El conde titubeó. ¿Cómo iba a actuar frente a aquel atrevido caballero? ¿Llamar a los criados? ¿Provocar un escándalo? ¿Desenmascarar al que le robó años atrás? ¡Pero hacía ya tanto tiempo! ¿Y quién iba a creer la historia absurda del niño culpable? No, sería mejor aceptar la situación y fingir que no había captado su verdadero sentido. Entonces, el conde se acercó a Floriani y le dijo entusiasmado:

—Muy entretenida y muy curiosa su novela. Le juro que me apasiona. Pero, según usted, ¿qué ha sido de ese buen chico, de ese modelo de hijo? Espero que no se haya alejado de aquel magnífico camino.

—¡Vaya! Seguro que no.

—¡Pues claro que no! ¡Después de semejante estreno! Robar el collar de la reina con seis años, ¡el famoso collar que tanto deseaba María Antonieta!

—Y robarlo —observó Floriani prestándose al juego del conde—, sin que le costara el menor disgusto, sin que a nadie se le ocurriera la idea de examinar el cristal de la ventana ni se diera cuenta de que el alféizar de la ventana estaba demasiado limpio, alféizar que el niño restregó para borrar las huellas de su paso por la gruesa capa de polvo... Reconozca que un crío de esa edad tenía motivos para volverse loco. ¿Así que es así de fácil? ¿Solo hay que querer y dar el primer paso? Y bien sabe Dios que el niño quiso...

—Y dio el primer paso.

—Muchos pasos —respondió el caballero, riendo. Todos sintieron un escalofrío. ¿Qué misterio ocultaba la vida del supuesto Floriani? ¡Qué extraordinaria debía de ser la realidad de aquel aventurero, un ladrón genial a los seis años que, ese día, con la sutileza de un diletante en busca de emociones, o a lo sumo para satisfacer un sentimiento de rencor, había ido a desafiar a la víctima en su propia casa de un modo temerario, a lo loco, y sin embargo con toda la corrección de un hombre educado de visita! Floriani se levantó y se acercó a la condesa para despedirse. La

mujer reprimió un gesto de rechazo. Él sonrió—. ¡Dios mío, señora, me tiene miedo! ¿Cree que he ido demasiado lejos con esta historia de genio de salón?

La condesa se dominó y respondió con la misma desenvoltura un poco burlona:

—De ninguna manera, señor. Al contrario, ese cuento del buen hijo me ha resultado muy interesante y me siento feliz de que mi collar haya tenido un destino tan brillante. Pero ¿no cree usted que el hijo de esa... mujer, de esa Henriette, obedecía sobre todo a una vocación?

Floriani se estremeció, acusó la indirecta y le respondió:

—Estoy convencido de eso, e incluso debía de ser una vocación muy firme para que el niño no se desanimara.

—¿Y por qué?

—Está claro y usted lo sabe, porque la mayoría de las piedras eran falsas. Solo eran auténticos los pocos brillantes que volvieron a comprarse al joyero inglés, los demás se vendieron de uno en uno según las duras necesidades de la vida.

—Seguía siendo el collar de la reina, señor —dijo la condesa con altanería—, y me parece que eso es lo que no podía entender el hijo de Henriette.

—Debió de entender, señora, que ese collar, verdadero o falso, era ante todo un objeto de ostentación, una enseña.

El señor de Dreux hizo un gesto. Su mujer inmediatamente lo advirtió.

—Señor —le dijo la condesa—, si el hombre al que usted se refiere tuviera el mínimo pudor... —Se interrumpió intimidada por la mirada tranquila de Floriani.

Y el caballero repitió:

—¿Si ese hombre tuviera el mínimo pudor...?

La condesa sintió que no conseguiría nada hablándole de esa manera y, muy a su pesar, muy a pesar de su rabia e indignación, temblando de orgullo humillado, le dijo casi amablemente:

—Señor, la leyenda dice que Rétaux de Villette, cuando tuvo en sus manos el collar de la reina y desengastó todos los diamantes con Jeanne de Valois, no se atrevió a tocar la montura. Supo entender que los diamantes solo eran un ornamento, un accesorio, y que la montura era la obra esencial, la propia creación del artista y la respetó. ¿Cree usted que ese hombre habrá entendido lo mismo?

—No tengo ninguna duda de que la montura existe. El niño la respetó.

—Pues bien, señor, si se diera el caso de que usted lo conociera, le diría que conserva injustamente una de esas reliquias que son propiedad y gloria de ciertas familias y que pudo arrancarle las piedras sin que el collar de la reina dejara de pertenecer a la casa de Dreux-Soubise. Nos pertenece como nuestro nombre y como nuestro honor.

El caballero se limitó a responder:

—Se lo diré, señora.

Se inclinó ante la condesa, se despidió del conde, luego se despidió del resto de los asistentes uno tras otro y se marchó.

Cuatro días más tarde, la señora de Dreux encontró en la mesa de su habitación un estuche rojo con el escudo del cardenal. Lo abrió. Era el collar de la reina.

Pero como todas las cosas en la vida de un hombre respetuoso con la coherencia y la lógica deben contribuir al mismo fin, y además un poco de publicidad nunca perjudica, al día siguiente, *L'Écho de France* publicaba esta reseña sensacional:

> Arsène Lupin ha recuperado el collar de la reina, la famosa joya robada hace mucho tiempo a la familia de Dreux-Soubise. Arsène Lupin se apresuró a devolverlo a sus legítimos propietarios. No podemos dejar de aplaudir ese detalle delicado de todo un caballero.

6
EL SIETE DE CORAZONES

Hay una pregunta que mucha gente se hace y a mí me la han hecho muy a menudo: ¿cómo conocí a Arsène Lupin?

Nadie duda de que yo lo conozca. Los detalles que sé sobre ese hombre desconcertante, los hechos irrefutables que expongo, las pruebas nuevas que aporto, la interpretación que doy de algunas actuaciones de las que solo se había entendido el aspecto externo sin entrar en las razones ocultas ni en el mecanismo invisible, todo eso demuestra claramente que, aunque no seamos íntimos —la propia vida de Lupin lo haría imposible—, sí mantenemos una relación de amistad y me hace confidencias continuamente.

Pero ¿cómo lo conocí? ¿A qué se debe el favor de ser yo quien cuente su historia? ¿Y por qué yo y no otra persona?

La respuesta es fácil: solo el azar rigió una elección en la que mis méritos no influyeron en absoluto. El azar me puso en su camino. Por azar me vi mezclado en una de sus más extrañas y misteriosas aventuras y, finalmente, por azar fui actor en un drama que él dirigió de un modo extraordinario, un drama oscuro y complejo, lleno de tantas peripecias que siento cierto apuro a la hora de comenzar el relato.

El primer acto sucedió durante aquella famosa noche del 22 al 23 de junio de la que tanto se ha hablado. Y, por mi parte, digámoslo de una vez, atribuyo la conducta bastante anormal que mantuve en esa ocasión al estado de ánimo muy especial en el que me encontraba al regresar a mi casa. Había cenado con unos amigos en el restaurante La Cascade y durante toda la noche, mientras fumábamos y una orquesta zíngara tocaba valses melancólicos, estuvimos hablando de crímenes y robos, de intrigas aterradoras y tenebrosas. Y eso siempre es una mala preparación para conciliar el sueño.

Los Saint-Martin se fueron en coche, Jean Daspry —el encantador y despreocupado Daspry, al que seis meses más tarde matarían de una forma muy trágica en la frontera con Marruecos— y yo regresamos a casa caminando en una noche oscura y calurosa. Cuando llegamos delante del pequeño palacete en el que yo vivía desde hacía un año en Neuilly, en el bulevar Maillot, Daspry me dijo:

—¿Tú nunca tienes miedo?

—¡Qué tontería!

—¡Pero esta casa está tan aislada...! No tienes vecinos, solo hay descampados. La verdad, yo no soy ningún miedoso, pero...

—¡Vaya! ¡Qué humor el tuyo!

—Bueno, lo digo por decir. Las historias de bandidos de los Saint-Martin me han impresionado.

Después me estrechó la mano y se alejó. Yo saqué la llave y abrí la puerta.

—¡Anda! —murmuré—. Antoine se ha olvidado de encenderme una vela.

Y de pronto me acordé de que Antoine no estaba, le había dado la noche libre.

Inmediatamente la oscuridad y el silencio me resultaron desagradables. Subí a mi habitación a tientas lo más rápido posible y enseguida eché la llave y el cerrojo, algo que no hacía habitualmente. Y luego encendí una vela.

La llama de la vela me devolvió la sangre fría. Aun así, me cuidé de sacar el revólver de su funda —era un revólver grande, de largo alcance— y lo dejé junto a la cama. Esa precaución terminó de tranquilizarme. Me acosté y, como siempre hago antes de dormir, cogí de la mesilla el libro que me espera todas las noches.

Me quedé muy sorprendido. En lugar del abrecartas que utilicé la noche anterior para marcar la página, me encontré un sobre lacrado con cinco sellos de cera roja. Lo alcancé rápidamente. En el sobre estaba escrito mi nombre y apellido, sin dirección, y una palabra: «Urgente».

¡Una carta! ¡Una carta a mi nombre! ¿Quién la habría dejado ahí? Un poco nervioso, abrí el sobre y leí:

> Desde el momento en el que usted abra este sobre, pase lo que pase, oiga lo que oiga, no se mueva, no haga ni un gesto y no grite. De lo contrario, está perdido.

Yo tampoco soy ningún miedoso e, igual que cualquiera, sé enfrentarme a un peligro real o reírme de los peligros fantásticos de la imaginación. Pero, repito, me encontraba en un estado de ánimo anormal, más fácilmente impresionable y con los nervios a flor de piel. Por otra parte, todo aquello era desconcertante e inexplicable y habría asustado al más pintado. ¿O no?

Agarré muy nervioso la hoja de papel y leí sin parar las frases amenazantes, «no haga ni un gesto y no grite. De lo contrario, está perdido». «¡Vaya! —pensé—. Esto es un chiste, una estúpida broma.»

Estuve a punto de echarme a reír, incluso quise reír en alto. ¿Qué me lo impidió? ¿Qué temor abstracto me provocó un nudo en la garganta?

Por lo menos soplaría la vela. No, no pude soplarla. «Ni un gesto o está perdido», ponía en la carta.

¿Y por qué iba a luchar contra esa clase de autosugestiones que suelen ser más imperiosas que los hechos concretos? Solo tenía que cerrar los ojos. Cerré los ojos.

En ese mismo momento, un ruido ligero se oyó en el silencio, luego unos crujidos. Me pareció que venían de una gran habitación contigua a mi dormitorio, en la que había instalado mi despacho y de la que solo me separaba una antesala.

La cercanía de un peligro real me alteró y tuve la sensación de que iba a levantarme, a coger el revólver y precipitarme a aquella habitación. Pero no me levanté: una de las cortinas de la ventana izquierda se había movido justo en frente de mí.

No cabía duda: la cortina se había movido. ¡Se movió otra vez! Y vi —lo vi claramente— que entre las cortinas y la ventana, en ese espacio tan estrecho, había una forma humana cuyo volumen impedía que el tejido cayera recto.

Y la otra persona también me veía, estaba seguro de que me veía a través de la maya ancha del tejido. Entonces lo entendí todo. Mientras unos se llevaban el botín, la misión de ese era mantenerme a raya. ¿Qué iba a hacer? ¿Levantarme e ir a por el revólver? Era imposible, ¡aquel hombre estaba ahí! Y al menor gesto, al menor grito, estaba perdido.

Un golpe violento sacudió la casa y le siguieron otros golpecitos agrupados en dos o tres, como los de un martillo que golpea un clavo y rebota. O al menos eso es lo que yo imaginaba dentro de mi confusión mental. Y se mezclaron otros ruidos, un auténtico alboroto que dejaba claro que los intrusos no perdían el tiempo y que actuaban con total impunidad.

Tenían razón: no me moví. ¿Fue cobardía? No, estaba petrificado, era completamente incapaz de mover ni un solo dedo. Y también fui sensato porque, a fin de cuentas, ¿para qué iba a luchar? Aquel hombre lo respaldaban otros diez que acudirían a su llamada. ¿Por qué iba a arriesgar la vida por unos tapices y unas cuantas baratijas?

Y aquel suplicio duró toda la noche. ¡Fue un suplicio inaguantable, una angustia horrorosa! Pero el ruido paró, aunque yo seguía esperando que volviera a empezar. ¡Y aquel hombre! ¡El hombre que me vigilaba con un arma en la mano! No dejaba de mirarlo aterrado. ¡Me latía el corazón a toda prisa y me chorreaba sudor por la frente y por todo el cuerpo!

Y, de pronto, me invadió un bienestar indescriptible: por el bulevar pasó el carro del lechero con un rodar que conocía muy bien y, al mismo tiempo, tuve la sensación de que el alba se deslizaba entre las persianas cerradas y que en el exterior un poco de la luz del día se mezclaba con la oscuridad.

Y la luz del día entró en mi habitación. Y pasaron más carros. Y todos los fantasmas de la noche se desvanecieron.

Entonces, deslicé un brazo hacia la mesilla, lentamente, con disimulo. En frente no se movía nada. Clavé la mirada en el pliegue de la cortina, en el punto concreto donde tenía que apuntar, repasé mentalmente los movimientos exactos que debía ejecutar y, con rapidez, empuñé el revólver y disparé.

Salté de la cama con un grito de alivio y me abalancé sobre la cortina. La tela estaba agujereada y el cristal también. Pero el hombre..., a él no había podido alcanzarlo por la sencilla razón de que allí no había nadie.

¡Nadie! Así que el pliegue de una cortina me había tenido hipnotizado toda la noche. Y durante todo ese tiempo, unos malhechores... Con rabia y un impulso que nada habría podido detener, giré la llave en la cerradura, abrí la puerta, pasé por la antesala, abrí la otra puerta y me lancé a la habitación.

Pero me quedé clavado en la puerta, helado, sin aliento, aturdido, aún más sorprendido que cuando comprobé que no había nadie detrás de la cortina: no había desaparecido nada. Todas las cosas que yo suponía se habrían llevado, muebles, cuadros, terciopelos y sedas antiguas, ¡todo estaba en su sitio!

¡Era un espectáculo incomprensible! ¡No creía lo que veían mis ojos! Pero ¿y aquel alboroto y los ruidos como de movimiento de muebles? Di una vuelta alrededor de la habitación, examiné las paredes, hice el inventario de todos los objetos que conocía tan bien. ¡No faltaba nada! Y lo que más me desconcertaba es que no había nada que dejara ver que por allí habían pasado unos malhechores, ni una pista, ni una silla fuera de su sitio, ni una huella.

«Vamos a ver, vamos a ver —pensaba sujetándome la cabeza con las dos manos—, ¡yo no estoy loco! ¡Lo he oído perfectamente!»

Examiné la habitación centímetro a centímetro con los procedimientos de investigación más minuciosos. Todo fue en vano. O mejor dicho... ¿Pero podía considerarlo un hallazgo? Debajo de un pequeño tapiz persa, tirada en el suelo, había una carta, la carta de una baraja. Era el siete de corazones, exactamente igual que todos los sietes de corazones de los naipes franceses, pero con un detalle que me llamó la atención. En el extremo de la punta de cada una de las siete marcas rojas en forma de corazón tenía perforado un agujero, un agujero redondo y regular que podía haberse hecho con un punzón.

Y eso fue todo. Un naipe y una carta en un libro. Fuera de eso, nada más. ¿Era suficiente para no afirmar que un sueño me había jugado una mala pasada?

Durante todo el día continué investigando en el salón. Era una habitación grande, desproporcionada respecto al tamaño pequeño de la casa y decorada con el gusto extraño de quien la había diseñado. El suelo era de mosaico con piedrecitas de muchos colores, formando amplios dibujos simétricos. Ese mismo mosaico cubría las paredes, estaba colocado en paneles y dibujaba alegorías pompeyanas, composiciones bizantinas y un fresco medieval, un Baco a horcajadas de un barril y un emperador, con una corona de oro y una barba blanca, que empuñaba una espada en la mano derecha.

En lo alto de la habitación, algo así como lo que se ve en el estudio de un artista, se abría una única y gran ventana. Esa ventana siempre estaba abierta por la noche, así que era probable que los hombres hubieran entrado por allí con ayuda de una escalera. Pero tampoco eso estaba claro. Los montantes de la escalera tendrían que haber dejado huellas en el suelo de tierra del patio: no había ni una. La hierba del descampado que rodeaba al palacete debería estar recién pisada: no lo estaba.

Confieso que ni se me ocurrió la idea de acudir a la policía, porque los hechos eran completamente inconsistentes y absurdos. Se habrían reído de mí. Pero dos días después tenía que publicar un artículo en *Gil Blas,* la revista en la que escribía entonces. Y como estaba obsesionado con aquella aventura, la conté de principio a fin.

La crónica no pasó inadvertida, pero me di perfecta cuenta de que nadie se la tomó en serio y que se consideró una fantasía más que una historia real. Los Saint-Martin se burlaron de mí. Sin embargo, Daspry, al que no le faltaba experiencia en ese tipo de asuntos, fue a verme, me pidió que le explicara lo que había sucedido y lo estuvo investigando sin mejores resultados que yo, por cierto.

Ahora bien, unos días después, por la mañana, sonó el timbre de la puerta del jardín y Antoine fue a decirme que un señor deseaba hablar conmigo. No había querido dar su nombre. Le rogué que subiera.

Era un hombre de unos cuarenta años, muy moreno, de cara enérgica y cuya ropa limpia pero muy usada dejaba ver una preocupación por la elegancia que contrastaba con unos modales más bien ordinarios.

Sin preámbulos me dijo con una voz ronca y un acento que me confirmaron el estatus social del individuo:

—Señor, estando de viaje, en un café cayó en mis manos el *Gil Blas*. Me pareció interesante, muy interesante.

—Se lo agradezco.

—Y he vuelto.

—¡Ah!

—Sí, para hablar con usted. ¿Todos los hechos que usted cuenta son exactos?

—Absolutamente exactos.

—¿No se ha inventado ni uno?

—Ni uno solo.

—Entonces, quizá yo pueda proporcionarle información.

—Le escucho.

—No.

—¿Cómo que no?

—Antes de que hablemos, tengo que comprobar si esa información es correcta.

—¿Y cómo puede comprobarlo?

—Tengo que quedarme solo en esta habitación.

Le miré sorprendido.

—No entiendo muy bien...

—Es una idea que se me ocurrió cuando leí su artículo. Algunos detalles coinciden de un modo realmente extraordinario con otro suceso que conocí por casualidad. Si estoy equivocado, es mejor que no diga nada. Y la única manera de saberlo es quedándome solo...

¿Qué había detrás de lo que aquel hombre me proponía? Más tarde recordé que mientras hablaba, el desconocido parecía preocupado y tenía una expresión ansiosa. Pero, en aquel momento, aunque un poco sorprendido, no encontré nada especialmente extraño en lo que pedía. Y, además, me picaba tanto la curiosidad...

Respondí:

—De acuerdo. ¿Cuánto tiempo necesita?

—Pues, tres minutos nada más. Dentro de tres minutos me reuniré con usted.

Yo salí de la habitación. Abajo miré el reloj. Transcurrió un minuto. Dos minutos... Pero ¿por qué estaba nervioso? ¿Por qué esos instantes me parecieron tan intensos?

Dos minutos y medio... Dos minutos y tres cuartos... Y de pronto se escuchó un tiro.

Subí la escalera a zancadas y entré en la habitación. Solté un grito de horror.

En medio del salón yacía aquel hombre inmóvil, tendido sobre el costado izquierdo. Le salía sangre de la cabeza, mezclada con restos de cerebro. Cerca de su mano un revólver aún echaba humo.

Lo sacudió una convulsión y eso fue todo.

Pero hubo algo que me impresionó aún más que aquel espectáculo espantoso, algo que hizo que no pidiera ayuda inmediatamente y que no me tirara de rodillas para ver si aquel hombre todavía respiraba. A dos pasos de él, en el suelo, ¡había un siete de corazones!

Lo recogí. Los siete extremos de las siete marcas rojas estaban agujereados.

Media hora después, llegó el comisario de policía de Neuilly, luego el forense y luego el jefe de la Seguridad, el señor Dudouis. Yo había evitado tocar el cadáver. No hice nada que pudiera alterar las primeras comprobaciones.

Estas fueron rápidas, y fueron tan rápidas porque en un principio no se descubrió nada, o muy poca cosa. En los bolsillos del muerto no había ninguna documentación, en la ropa ningún nombre, en la ropa interior ninguna inicial. Ni una pista, a fin de cuentas, que sirviera para identificarlo. En la habitación todo estaba en orden como antes. No se habían movido los muebles y todos los objetos estaban en el mismo sitio. ¡Y, sin embargo, ese hombre no había ido a mi casa con la única intención de matarse allí porque mi hogar le pareciera más apropiado que cualquier otro para suicidarse! Debía de haber un motivo que lo hubiera empujado a ese acto de desesperación, y ese mismo motivo debía de ser resultado de un hecho nuevo que el hombre había confirmado durante los tres minutos que pasó solo.

¿Qué hecho era ese? ¿Qué vio aquel hombre? ¿Qué descubrió? ¿Qué secreto espantoso había desentrañado? Nada nos permitía hacer suposiciones.

Sin embargo, en el último momento, ocurrió algo que nos pareció muy interesante. Cuando dos agentes se agacharon para levantar el cadáver y llevarlo a una camilla, se dieron cuenta de que la mano izquierda, hasta entonces cerrada y agarrotada, se había distendido y de ella se escapó una tarjeta de visita completamente arrugada.

En la tarjeta ponía: «Georges Andermatt, calle de Berri, 37».

¿Qué significaba eso? Georges Andermatt era un importante banquero de París, fundador y presidente de la Compañía de Metales, que dio un gran impulso a la industria metalúrgica francesa. Vivía por todo lo alto, tenía un *mail-coach,* un automóvil y una cuadra de caballos de carrera. Celebraba fiestas muy concurridas y en París se comentaba la belleza y elegancia de la señora Andermatt.

—¿Será el nombre del muerto? —murmuré.

El jefe de la Seguridad se inclinó:

—No, no es él. El señor Andermatt es un hombre de tez pálida y ligeramente canoso.

—¿Y entonces esa tarjeta?

—¿Tiene usted teléfono, señor?

—Sí, en el vestíbulo. ¿Quiere acompañarme?

Dudouis buscó en la guía y pidió que le pusiera con el número 415-21.

—¿Está el señor Andermatt en casa? Quiere decirle que el señor Dudouis le ruega que venga tan pronto como le sea posible al número 102 del bulevar Maillot. Es urgente.

Veinte minutos más tarde, el señor Andermatt bajaba de su automóvil. Le expusimos los motivos que requerían su intervención y lo llevamos hasta el cadáver.

Durante un segundo se le contrajo la cara de la impresión y en voz baja, como si no quisiera hablar, dijo:

—Étienne Varin.

—¿Lo conocía?

—No..., quiero decir, sí..., pero solo de vista. Su hermano...

—¿Tiene un hermano?

—Sí, Alfred Varin. Hace mucho tiempo su hermano acudió a mí, ya no recuerdo para qué.

—¿Dónde vive el hermano?

—Los dos hermanos vivían juntos en la calle Provence, creo.

—¿Y usted sospecha de algún motivo que lo llevara al suicidio?

—En absoluto.

—¿A pesar de que tuviera su tarjeta en la mano...? ¡Su tarjeta con su dirección!

—No entiendo nada. Evidentemente, esto solo es una mera casualidad y la instrucción del sumario lo aclarará.

«Una casualidad, desde luego, muy curiosa», pensé yo, y me di cuenta de que todos teníamos la misma sensación.

Y volví a notar esa sensación en los periódicos del día siguiente y en todos los amigos con los que hablé de lo ocurrido. Porque después de haber encontrado esos dos siete de corazones con siete agujeros que tanto me intrigaban y después de los dos sucesos, a cada cual más extraño, que tuvieron mi casa como escenario, esa tarjeta de visita, en medio del misterio que rodeaba todo aquello, parecía al fin prometer algo de luz. Con ella llegaríamos a la verdad.

Pero, contra todo pronóstico, el señor Andermatt no proporcionaba ninguna información.

—He dicho todo lo que sé —repetía—. ¿Qué más quieren? Yo soy el primer sorprendido de que mi tarjeta haya aparecido ahí y espero, igual que todo el mundo, que se aclare este punto.

Pero no fue así. La investigación determinó que los hermanos Varin, de origen suizo, habían llevado con diferentes nombres una vida muy agitada, frecuentaban los casinos y habían tenido contacto con toda una banda de extranjeros a la que la policía siguió la pista hasta que se desmanteló después de una serie de robos en los que solo pudo confirmarse su participación posteriormente. En el número 24 de la calle Provence, donde, efectivamente, los hermanos Varin habían vivido seis años antes, nadie sabía qué había sido de ellos.

Confieso que a mí me parecía un caso tan enrevesado que no creía que hubiera muchas posibilidades de resolverlo, así que me esforzaba por no pensar en eso. Pero, al contrario, a Jean Daspry, al que vi mucho en aquella época, cada vez le interesaba más el asunto.

Él fue quien me enseñó aquella noticia de un periódico extranjero, que reproducía y comentaba toda la prensa francesa:

> En presencia del emperador y en un lugar que se mantendrá en secreto hasta el último minuto, van a realizarse las primeras pruebas de un submarino que en un futuro revolucionará las condiciones de la guerra naval. Gracias a una indiscreción, hemos sabido su nombre: se llama Siete de Corazones.

¿Siete de Corazones? ¿Era solo una coincidencia? ¿O por el contrario había que establecer un vínculo entre el nombre del submarino y los hechos de los que hemos hablado? Pero ¿qué clase de vínculo? Lo que sucedía aquí no podía relacionarse de ningún modo con lo que sucedía allá.

—¿Qué sabrás tú de eso? —me decía Daspry—. Los efectos más diferentes proceden a menudo de una misma causa.

Al día siguiente, leímos otra noticia:

> Se asegura que los planos del Siete de Corazones, el submarino cuyas pruebas se desarrollarán en breve, los hicieron unos ingenieros franceses. Estos ingenieros solicitaron en vano el apoyo de sus compatriotas y después se dirigieron, sin mejores resultados, al Almirantazgo inglés. Damos todas estas noticias con la mayor reserva.

No me atrevo a insistir en unos hechos de carácter tan delicado y que, como se recordará, provocaron una conmoción considerable. Sin embargo, como ya no existe ningún riesgo de que se complique el asunto, tengo que hablar del artículo de *L'Écho de France* que, en aquel momento, provocó un gran alboroto y arrojó algo de luz, aunque confusa, al caso del siete de corazones, como se le llamaba entonces.

Aquí está el artículo, tal y como apareció, firmado por Salvator:

EL CASO DEL «SIETE DE CORAZONES».
SE DESVELA UNA PARTE DEL MISTERIO

Seremos breves. Hace diez años, un joven ingeniero de minas, Louis Lacombe, presentó su dimisión porque quería dedicar su tiempo y su fortuna a continuar sus estudios. Alquiló un pequeño palacete en el número 102 del bulevar Maillot, que había construido y decorado recientemente un italiano. A través de dos individuos, los hermanos Varin, de Lausana, uno de los cuales le ayudaba en sus experimentos como auxiliar y el otro se dedicaba a buscar patrocinadores, entró en contacto con el señor Georges Andermatt, que acababa de fundar la Compañía de Metales.

Tras varias reuniones, Lacombe consiguió que Andermatt se interesara por el proyecto de un submarino en el que él trabajaba y acordaron que cuando tuviera el invento definitivamente terminado el señor Andermatt usaría toda su influencia para conseguir del Ministerio de la Marina una serie de pruebas.

Durante dos años, Louis Lacombe visitó con frecuencia el palacete Andermatt y fue presentando al banquero las mejoras que añadía al proyecto, hasta que un día, ya satisfecho él mismo de su trabajo, y con la fórmula definitiva que buscaba, le pidió al señor Andermatt que empezara la campaña.

Aquel día, Louis Lacombe cenó en casa de los Andermatt. Se fue de allí, por la noche, sobre las once y media. Desde entonces no se le ha vuelto a ver.

Al leer los periódicos de aquella época, puede comprobarse que la familia del joven ingeniero acudió a la justicia y que el Ministerio Fiscal mostró una gran preocupación. Pero no se llegó a ninguna conclusión y en general se admitió que Louis Lacombe, a quien se consideraba un chico extravagante y fantasioso, se había ido de viaje sin avisar a nadie.

Bien podemos aceptar esa hipótesis aunque sea inverosímil. Pero hay una cuestión capital para nuestro país: ¿qué pasó con los planos del submarino? ¿Se los llevó Louis Lacombe? ¿Se destruyeron?

De la minuciosa investigación que hemos llevado a cabo resulta que esos planos existen. Los hermanos Varin los tuvieron en sus manos. Pero ¿cómo? Nosotros todavía no lo hemos podido determinar, igual que tampoco sabemos por qué no intentaron venderlos. ¿Temían los hermanos que se les preguntara por qué los tenían en su poder? En cualquier caso, el temor desapareció y podemos afirmar con toda seguridad lo siguiente: los planos de Louis Lacombe son ahora propiedad de una potencia extranjera y nosotros estamos en condiciones de publicar la correspondencia que intercambiaron a ese respecto los hermanos Varin con el representante de esa potencia. A día de hoy, nuestros vecinos ya han creado el Siete de Corazones que inventó Louis Lacombe.

¿Responderá la realidad a las expectativas optimistas de quienes participaron en esta traición? Nosotros esperamos lo contrario, porque tenemos razones para pensar que ese acontecimiento, y así nos gustaría creerlo, será un fraude.

Y un *post-scriptum* añadía:

> Última hora. Lo esperábamos y con toda la razón. Nuestras informaciones nos permiten anunciar que las pruebas del Siete de Corazones no han sido satisfactorias. Es bastante probable que en los planos que entregaron los hermanos Varin faltara el último documento que Louis Lacombe aportó al señor Andermatt la noche que desapareció, un documento indispensable para la comprensión total del proyecto, una especie de resumen donde estarían las conclusiones definitivas de las evaluaciones y de las medidas que contenían los otros papeles. Sin ese documento, los planos son imperfectos, igual que sin los planos el documento es inútil.
>
> Así que aún hay tiempo para actuar y recuperar lo que nos pertenece. Para esta tarea tan difícil, contamos con la inestimable ayuda del señor Andermatt. Él está completamente decidido a explicar la conducta inexplicable que ha mantenido desde el principio. Y no solo nos dirá por qué no contó lo que sabía en el momento del suicidio de Étienne Varin, sino también por qué nunca ha revelado la desaparición de unos documentos que él conocía. Y nos dirá por qué unos agentes a su sueldo mantienen vigilados a los hermanos Varin desde hace seis años.
>
> Del señor Andermatt ya no solo esperamos palabras, sino también hechos. De lo contrario...

La amenaza era brutal, pero ¿en qué consistía? ¿Qué medios tenía Salvator, el autor anónimo del artículo, para intimidar a Andermatt? Una nube de periodistas asedió al banquero y en diez entrevistas respondió con desprecio al desafío. Entonces, el redactor de *L'Écho de France* contestó con tres líneas: «Lo quiera o no, el señor Andermatt es desde este momento nuestro colaborador en la tarea que emprendemos».

El día en que se publicó esa respuesta, Daspry y yo cenamos juntos. Por la noche, con los periódicos abiertos encima de la mesa, charlamos del caso y lo analizamos desde todos los frentes con la misma irritación que sentiría alguien que tiene que caminar indefinidamente en la oscuridad y siempre tropieza con los mismos obstáculos.

Y de pronto, sin que el criado me hubiera avisado y sin que hubiera sonado el timbre, se abrió la puerta y entró una señora cubierta con un velo tupido.

Me levanté inmediatamente y me acerqué a ella. Entonces me dijo:

—¿Es usted, señor, la persona que vive aquí?

—Sí, señora, pero le confieso...

—La puerta de la verja que da al bulevar no estaba cerrada —explicó.

—¿Y la puerta del vestíbulo?

No respondió y pensé que seguramente habría dado la vuelta por la escalera de servicio. Entonces, ¿conocería el camino?

Se hizo un silencio algo embarazoso. Miró a Daspry. Y yo, aun a mi pesar, se lo presenté como hubiera hecho en cualquier otra reunión social. Luego le pedí que se sentara y me explicara el motivo de su visita.

La mujer se retiró el velo y vi que era morena, de rasgos armoniosos y, aunque no muy guapa, sí tenía al menos un encanto infinito que le daban sobre todo los ojos, unos ojos serios y delicados.

Entonces, dijo sencillamente:

—Soy la señora Andermatt.

—¡Señora Andermatt! —repetí yo, cada vez más sorprendido.

Un nuevo silencio, y ella continuó con una voz calmada y un aire completamente tranquilo:

—Vengo por ese asunto que usted sabe. He pensado que quizá usted pudiera darme alguna información.

—Dios mío, señora, yo solo sé lo que dicen los periódicos. ¿Quisiera usted concretar cómo puedo serle útil?

—No lo sé... No lo sé...

Solo entonces tuve la intuición de que su tranquilidad era ficticia y de que, bajo ese aire de seguridad perfecta, se ocultaba una gran confusión. Y nos quedamos callados, muy incómodos los dos.

Pero Daspry, que no había dejado de observarla, se acercó y le dijo:

—Señora, ¿me permitiría usted hacerle algunas preguntas?

—¡Sí, claro! —exclamó—, así me resultará más fácil hablar.

—¿Responderá sean cuales sean las preguntas?

—Sean las que sean.

Daspry se quedó pensando un momento y empezó:

—¿Conocía usted a Louis Lacombe?

—Sí, por mi marido.

—¿Cuándo lo vio por última vez?

—La noche en la que cenó en nuestra casa.

—Aquella noche, ¿hubo algo que pudo hacerle pensar que no volvería a verlo?

—No. Algo dijo de un viaje a Rusia, ¡pero como una idea muy remota!

—¿Cuándo pensaba volver a verlo?

—Dos días después, para cenar.

—¿Y cómo explica usted su desaparición?

—No me la explico.

—¿Y el señor Andermatt?

—Lo ignoro.

—Sin embargo...

—No me pregunte sobre eso.

—El artículo de *L'Écho de France* parece decir...

—Lo que parece decir es que los hermanos Varin tienen algo que ver con su desaparición.

—¿Y usted lo cree así?

—Sí.

—¿Y en qué se basa?

—Cuando se marchó de casa, Louis Lacombe llevaba una cartera con todos los documentos de su proyecto. Dos días después, mi marido se reunió con uno de los hermanos Varin, el que sigue vivo, y durante esa reunión mi marido consiguió pruebas de que esos documentos estaban en poder de los dos hermanos.

—¿Y no los denunció?

—No.

—¿Por qué?

—Porque en la cartera había algo más que los documentos de Louis Lacombe.

—¿Qué? —La señora Andermatt titubeó, estuvo a punto de responder y luego, finalmente, guardó silencio. Daspry continuó—: Así que por eso su marido no avisó a la policía, pero mantenía vigilados a los dos hermanos. Él esperaba recuperar los documentos y, a la vez, esa otra cosa comprometedora, mediante la cual los dos hermanos le hacían una especie de chantaje.

—A él y a mí.

—¡Ah! ¿A usted también?

—Principalmente a mí.

La mujer articuló esas tres palabras con una voz ronca. Daspry la observó, dio unos cuantos pasos y volvió a la carga:

—¿Usted escribió a Louis Lacombe?

—Sí, mi marido tenía relación...

—Y al margen de las cartas «oficiales», ¿escribió usted a Lacombe otro tipo de cartas? Perdone mi insistencia, pero es indispensable que sepa toda la verdad. ¿Escribió usted esas otras cartas?

La señora Andermatt, completamente sonrojada, murmuró:

—Sí.

—¿Y esas son las cartas que tenían en su poder los hermanos Varin?

—Sí.

—Entonces, ¿el señor Andermatt lo sabe?

—Él no las ha visto, pero Alfred Varin le dijo que existían y lo amenazó con publicarlas si los denunciaba. Mi marido tuvo miedo y, ante un escándalo, se echó atrás.

—Pero empleó todos los medios para conseguir esas cartas.

—Empleó todos los medios... o eso supongo, porque desde aquella última reunión con Alfred Varin, y después de unas cuantas palabras muy fuertes con las que me informó del asunto, no ha vuelto a haber ninguna intimidad entre mi marido y yo, ninguna confianza. Vivimos como dos extraños.

—Entonces, si usted no tiene nada que perder, ¿a qué tiene miedo?

—Aunque ahora le sea indiferente a mi marido, yo soy la mujer que él amó, la mujer que seguiría amando; sí, estoy segura —murmuró con una voz apasionada—, si no hubiera conseguido esas malditas cartas, aún me amaría.

—¡Cómo! ¿Las consiguió?... Pero los dos hermanos no creían eso.

—No, porque parece ser que los dos alardeaban de tener un escondrijo seguro.

—¿Entonces?

—¡Tengo motivos para creer que mi marido descubrió ese escondrijo!

—¿No me diga? ¿Y dónde está?

—Aquí.

Yo me sobresalté.

—¿Aquí?

—Sí, yo siempre lo había sospechado. Louis Lacombe era un hombre muy ingenioso, le encantaba la mecánica y en su tiempo libre se divertía construyendo cajas fuertes y cerraduras de seguridad. Los hermanos Varin debieron de sorprenderlo un día y, después, utilizaron uno de esos escondrijos para ocultar las cartas y también otras cosas, seguro.

—¡Pero ellos no vivían aquí! —exclamé.

—Hasta que usted llegó hace cuatro meses esta casa estaba deshabitada. Así que es probable que los hermanos vinieran por aquí y pensaran además que el hecho de que usted viviera en la casa no les impediría sacar todos los documentos el día que los necesitaran. Pero no contaban con mi marido, que, en la noche del 22 al 23 de junio, forzó la caja fuerte, se llevó lo que había ido a buscar y dejó su tarjeta para demostrar a los dos hermanos que ya no les tenía miedo y que habían cambiado las tornas. Dos días más tarde, Étienne Varin, que lo supo por el artículo del *Gil Blas,* se presentó en su casa a toda prisa, se quedó solo en este salón, encontró la caja fuerte vacía y se suicidó.

Después de un instante, Daspry le preguntó:

—Eso es una simple suposición, ¿no es así? ¿Le ha dicho algo el señor Andermatt?

—No.

—¿Su actitud con usted ha cambiado? ¿Le ha parecido que estaba más hundido, más preocupado?

—No.

—¿Y usted cree que sería así si hubiera encontrado las cartas? En mi opinión, no las tiene. En mi opinión, no fue él quien entró en esta casa.

—¿Pero entonces quién?

—El personaje misterioso que guía este asunto, que maneja todos los hilos y lo dirige hacia un objetivo que nosotros solo podemos entrever a través de tantas complicaciones, ese personaje misterioso cuya actuación evidente y todopoderosa se nota desde el primer momento. Él es quien entró con sus amigos en este palacete el 22 de junio, él descubrió el escondrijo, él dejó la tarjeta del señor Andermatt y él tiene las cartas y las pruebas de la traición de los hermanos Varin.

—¿Y quién es él? —interrumpí yo bastante impaciente.

—¡Pues quién va a ser! El redactor de *L'Écho de France*. ¡Ese Salvator! ¡Está más claro que el agua! ¿No les parece? En el artículo da unos detalles que solo puede saber el hombre que descubrió los secretos de los dos hermanos, ¿no es verdad?

—Entonces —balbuceó la señora Andermatt aterrorizada—, él también tiene mis cartas y ahora amenaza a mi marido. ¡¿Qué voy a hacer, Dios mío!?

—Escribirle —dijo claramente Daspry—. Confiar en él sin reservas, contarle todo lo que sabe y todo lo que pueda averiguar.

—¿¡Qué dice usted!?

—A usted le interesa lo mismo que a él. No cabe duda de que va contra el superviviente de los dos hermanos. No busca munición contra el señor Andermatt sino contra Alfred Varin. Ayúdelo.

—¿Cómo?

—¿Su marido tiene el documento que completa y permite utilizar los planos de Louis Lacombe?

—Sí.

—Pues dígaselo a Salvator. Si es necesario haga todo lo posible para proporcionarle ese documento. En pocas palabras, póngase en contacto con él. ¿Qué puede perder?

El consejo, a primera vista, era temerario, incluso peligroso; pero la señora Andermatt no tenía elección. Y además, como decía Daspry, ¿qué podía perder ella? Si el desconocido era un enemigo, ese trámite no agravaría la situación. Si era un extranjero que perseguía un objetivo concreto, solo daría a las cartas una importancia secundaria.

En cualquier caso, era una idea, y la señora Andermatt, en su desesperación, se sintió muy feliz sumándose a ella. Nos dio las gracias efusivamente y prometió mantenernos al corriente.

Y así fue, dos días después, nos envió la respuesta que había recibido:

> Las cartas no estaban allí. Pero las conseguiré, tranquilícese. Yo me ocupo de todo.
>
> S.

Yo cogí el papel. Era la misma letra de la nota que estaba dentro del libro de la mesilla la noche del 22 de junio.

Entonces, Daspry tenía razón, Salvator era el gran planificador de ese asunto.

Lo cierto es que empezábamos a ver algún destello entre las tinieblas que nos rodeaban y ciertos puntos iban aclarándose con una luz inesperada. Pero otros muchos seguían oscuros, como el hallazgo de los dos sietes de corazones. Pensaba en eso continuamente. Yo encontré aquellas dos cartas con las siete figuritas agujereadas en unas circunstancias tan extrañas que me dejaron impresionado y me intrigaban más, quizá, de lo que hubiera sido aconsejable. ¿Qué papel interpretaban los dos naipes en aquel drama?

¿Qué importancia debería atribuírseles? ¿Qué conclusión debía sacarse del hecho de que el submarino construido con los planos de Louis Lacombe se llamara Siete de Corazones?

A Daspry no le preocupaban demasiado los dos naipes, estaba completamente dedicado a estudiar otro problema cuya solución le parecía más urgente: buscaba incansablemente el famoso escondrijo.

—Y quién sabe —decía—, si encontraré yo aquí las cartas que Salvator no encontró por despiste, quizá. Es muy poco probable que los hermanos Varin hayan sacado el arma, cuyo valor incalculable conocían, de un lugar que consideraban inaccesible.

Y seguía buscando. Pronto, el salón grande ya no tuvo secretos para él, así que amplió la investigación a todas las demás habitaciones de la casa: escudriñó el interior y el exterior, examinó las piedras y los ladrillos de los muros y levantó las pizarras del tejado.

Un día, llegó con un pico y una pala; me dio la pala, se quedó con el pico, señaló el descampado y dijo:

—Vamos.

Lo seguí sin ningún entusiasmo. Dividió el terreno en varias secciones y las inspeccionó sucesivamente. Pero, le llamó la atención un montón de mampuesto y piedras cubierto de zarzas y hierba que vio en un rincón, en el ángulo que formaban los muros de dos fincas colindantes. Y la emprendió por ahí.

Tuve que ayudarle. Durante una hora, a pleno sol, nos matamos a trabajar inútilmente. Pero cuando, debajo de las piedras que ya habíamos apartado, llegamos a la propia tierra y cavamos allí, el pico de Daspry dejó al descubierto una osamenta, el resto de un esqueleto con trozos de ropa deshaciéndose aún a su alrededor.

Y de pronto me sentí palidecer. Vi metida en la tierra una placa de hierro, recortada en forma rectangular, en la que me pareció distinguir unas manchas rojas. Me agaché. Sí, era eso: la placa tenía el tamaño de un naipe y las manchas rojas, de un color rojo minio corroído en algunas partes, eran siete, estaban dispuestas como los siete puntos de un siete de corazones y cada uno de los siete extremos estaba agujereado.

—Escucha, Daspry, yo ya estoy harto de esta historia. Si a ti te interesa, pues mejor para ti. Yo me largo.

¿Fue por el susto? ¿Por el cansancio después de haber trabajado tanto bajo un sol de plomo? El caso es que al irme me desmayé y tuve que meterme en la cama, donde permanecí cuarenta y ocho horas agitado y ardiendo, obsesionado con esqueletos que bailaban a mi alrededor y se lanzaban a la cabeza sus corazones sanguinolentos.

Daspry se portó como un buen amigo. Pasaba en mi casa todos los días tres o cuatro horas, aunque, es verdad, las pasaba en el salón grande fisgoneando y dando golpes.

—Las cartas de la señora Andermatt están ahí, en esa habitación —iba a decirme de vez en cuando a mi dormitorio—. Están ahí. Pondría la mano en el fuego.

—Déjame en paz —le respondía yo horrorizado.

La mañana del tercer día me levanté bastante débil aún pero ya recuperado. Un almuerzo sustancioso me recompuso. Pero recibí un telegrama hacia las cinco de la tarde que contribuyó más que nada a mi completo restablecimiento, porque, pese a todo, me picó la curiosidad otra vez en lo más hondo.

El mensaje decía lo siguiente:

> Señor:
> El drama cuyo primer acto se representó la noche del 22 al 23 de junio llega a su desenlace. La propia fuerza del destino exige que ponga uno frente al otro a los dos principales personajes de este drama y que esa confrontación tenga lugar en su casa, por lo que le agradecería infinitamente que me prestara su domicilio esta misma noche. Sería oportuno que, de nueve a once de la noche, su criado no estuviera y preferible que usted mismo tuviera la extrema bondad de dejar el terreno libre a los contrincantes. Durante la noche del 22 al 23 de junio, usted pudo darse cuenta de que respeté escrupulosamente todas sus pertenencias. Consideraría injusto por mi parte dudar ni un solo instante de su absoluta discreción respecto al que firma.
>
> Atentamente,
> Salvator

El mensaje tenía un tono de cortés ironía y la solicitud tanta imaginación que me hizo gracia. ¡Era de un atrevimiento admirable y el remitente parecía completamente seguro de mi consentimiento! Por nada del mundo habría querido decepcionarlo o corresponder con ingratitud a su confianza.

Regalé a mi criado unas entradas para el teatro y se acababa de marchar cuando llegó Daspry, a las ocho de la noche. Entonces, le enseñé el telegrama.

—¿Y qué vas a hacer?

—¿Que qué voy a hacer? Pues dejar la puerta del jardín abierta para que puedan entrar.

—¿Y tú te vas?

—¡Por nada del mundo!

—Pero si te piden...

—Me piden discreción. Y seré discreto. Pero deseo con todas mis fuerzas ver qué va a pasar.

Daspry se echó a reír.

—Desde luego, tienes razón, yo también me quedo. Tengo el presentimiento de que no nos aburriremos. —Un timbrazo lo interrumpió—. ¿Ya son ellos? —murmuró Daspry—, ¡con veinte minutos de adelanto! Imposible.

Desde el vestíbulo, tiré del cordón que abría la puerta de la verja. Una silueta femenina cruzó el jardín: la señora Andermatt.

Parecía alterada y entre sofocos balbuceó:

—Mi marido..., va a venir..., tiene una cita aquí..., van a darle las cartas...

—¿Cómo lo sabe usted? —le dije.

—Por casualidad. Por un recado que mi marido recibió durante la cena.

—¿Un telegrama?

—Un mensaje telefónico. El criado me lo dio a mí por error. Mi marido me lo quitó inmediatamente, pero era demasiado tarde... ya lo había leído.

—¿Y qué decía?...

—Más o menos esto: «Esta noche, a las nueve, vaya al bulevar Maillot con los documentos relativos al asunto. A cambio le entregaré las cartas». Después de cenar, subí a mi habitación y luego salí de casa.

—¿Sin que lo supiera su marido?

—Sí.

Daspry me miró.

—¿Tú qué piensas?

—Pienso lo mismo que tú, que el señor Andermatt es uno de los contrincantes que viene aquí esta noche.

—Pero ¿quién los ha convocado? ¿Y para qué?

—Eso es precisamente lo que vamos a saber.

Los conduje al salón grande.

Como no había nada mejor, podíamos meternos los tres debajo del manto de la chimenea y taparnos con una de las cortinas de terciopelo. Así lo hicimos. La señora Andermatt se sentó entre nosotros dos. Por las rendijas de la cortina veíamos toda la habitación.

Dieron las nueve. Pocos minutos después, la puerta de la verja chirrió en sus goznes.

Confieso que no dejaba de sentir cierta angustia y que otra vez el entusiasmo me tenía alterado. ¡Estaba a punto de conocer la clave del misterio! Por fin, todos los sucesos de aquella extraña aventura que habían ocurrido delante de mí durante semanas iban a adquirir su verdadero significado y la batalla se libraría ante mis ojos.

Daspry agarró de la mano a la señora Andermatt y murmuró:

—¡Sobre todo, no se mueva! Aunque oiga o vea lo que sea, manténgase impasible.

Alguien entró. Y reconocí inmediatamente, por el enorme parecido con Étienne Varin, a su hermano Alfred. El mismo andar pesado, la misma cara terrosa mal afeitada.

Entró con ese aire nervioso que tienen los hombres acostumbrados a las encerronas, que las huelen y las evitan. Echó un vistazo a toda la habitación y me dio la impresión de que la chimenea tapada con la cortina de terciopelo le pareció sospechosa. Dio tres pasos hacia nosotros. Pero una idea, sin duda más urgente, lo desvió, porque torció hacia la pared, se detuvo frente al mosaico del rey con barba blanca y espada resplandeciente y lo examinó durante un buen rato, subido a una silla, siguiendo con el dedo el contorno de los hombros y de la cara, y palpando algunas partes de la imagen.

Pero de repente saltó de la silla y se alejó de la pared. Se oía un ruido de pasos. En la puerta apareció el señor Andermatt.

El banquero soltó un grito de sorpresa.

—¡Usted! ¡Usted! ¿Usted me ha citado aquí?

—¿Yo? En absoluto —protestó Varin, con una voz ronca que me recordó a la de su hermano—. Yo he venido por su carta.

—¿¡Mi carta!?

—Una carta firmada por usted, en la que me ofrece...

—Yo no le he escrito ninguna carta.

—¿Usted no escribió esa carta?

Varin se puso instintivamente en guardia, no frente al banquero, sino frente al enemigo desconocido que lo había llevado hasta aquella trampa. Por segunda vez, miró hacia nosotros y rápidamente se dirigió hacia la puerta.

El señor Andermatt le cerró el paso.

—Varin, ¿pero qué hace usted?

—Aquí hay algo que no me gusta. Yo me voy. Buenas noches.

—¡Un instante!

—Vamos, señor Andermatt, no insista, no tenemos nada de qué hablar.

—Tenemos mucho de lo que hablar y esta es una buena oportunidad.

—Déjeme pasar.

—No, no y no. Usted no saldrá por esa puerta.

Varin retrocedió intimidado por la actitud decidida del banquero y masculló:

—¡Entonces, rápido, hablemos y acabemos con esto!

Una cosa me extrañaba, y sin duda mis dos compañeros estaban igual de decepcionados que yo. ¿Cómo era posible que Salvator no estuviera ahí? ¿No entraba en sus planes intervenir? ¿Le parecería suficiente el enfrentamiento entre el banquero y Varin? Yo estaba especialmente desconcertado. Debido a su ausencia, aquel duelo, que él había planeado y deseado, adquiriría el tinte trágico de los acontecimientos que causa y gobierna el orden riguroso del destino, y la fuerza que enfrentaba a esos dos hombres, uno contra el otro, impresionaba mucho más porque residía fuera de ellos.

Un momento después, el señor Andermatt se acercó a Varin, se puso justo delante de él y mirándolo a los ojos le dijo:

—Ahora que han pasado muchos años y que usted ya no tiene nada que temer, respóndame con franqueza, Varin. ¿Qué hicieron ustedes con Louis Lacombe?

—¡Vaya pregunta! ¡Como si yo supiera qué ha sido de él!

—¡Lo sabe! ¡Lo sabe! Su hermano y usted estaban siempre pegados a sus talones, prácticamente vivían en su casa, en la misma casa en la que ahora estamos. Ustedes estaban al tanto de todo su trabajo, de todos sus proyectos. Y la última noche, Varin, cuando acompañé a Louis Lacombe hasta la puerta de mi casa, vi dos siluetas que se escondían en la oscuridad. Y eso estoy dispuesto a jurarlo.

—Y cuando lo haya jurado, ¿qué?

—Eran su hermano y usted, Varin.

—Demuéstrelo.

—Pues la mejor prueba es que, dos días más tarde, usted mismo me enseñó los documentos y los planos que habían cogido de la cartera de Lacombe y se ofreció a vendérmelos. ¿Por qué tenían ustedes esos documentos?

—Ya se lo dije, señor Andermatt, a la mañana siguiente de la desaparición de Louis Lacombe, los encontramos en su propia mesa.

—Eso no es verdad.

—Demuéstrelo.

—La justicia habría podido demostrarlo.

—¿Y por qué no acudió a la justicia?

—¿Por qué? ¡Ay! Porque…

Andermatt se calló con la cara sombría. Y el otro insistió:

—¿Lo ve usted, señor Andermatt? Si hubiera estado seguro, la absurda amenaza que le hicimos no le habría impedido…

—¿Qué amenaza? ¿Las cartas? ¿Piensa usted que alguna vez me lo creí? Ni por un instante.

—Y si no se lo creyó, ¿por qué me ofreció una millonada para recuperarlas? ¿Y por qué desde entonces nos ha estado acosando a mi hermano y a mí como a animales?

—Para recuperar los planos, los valoraba mucho.

—¡Por favor! Era por las cartas. Cuando tuviera las cartas nos habría denunciado. ¡Jamás me desprenderé de ellas! —Se echó a reír y de pronto paró—. Pero ya está bien. Por más que repitamos lo mismo, no adelantaremos nada. De manera que lo dejaremos aquí.

—No lo dejaremos aquí —dijo el banquero—, y ya que usted ha hablado de las cartas, no saldrá de aquí hasta que me las dé.

—Sí, Andermatt, sí saldré de aquí.

—De eso, nada.

—Escuche, señor Andermatt, le aconsejo...

—No saldrá de aquí.

—Eso ya lo veremos —dijo Varin con tal tono de rabia que la señora Andermatt ahogó un ligero grito. Varin debió de oírla, porque quiso abrirse paso a la fuerza. El señor Andermatt lo frenó violentamente. Entonces, vi que metía la mano en el bolsillo de la chaqueta—. ¡Por última vez!

—Las cartas primero.

Varin sacó un revólver y apuntó al señor Andermatt.

—¿Me deja usted salir o no?

El banquero se agachó rápidamente.

Se oyó un tiro y el arma de Varin cayó al suelo.

Me quedé de piedra. ¡El disparo había salido a poca distancia de mí! ¡Daspry, de un tiro, hizo saltar el arma de la mano de Alfred Varin!

Y, de pronto, allí estaba Daspry, de pie entre los dos enemigos, de cara a Varin, burlándose:

—Tienes suerte, amigo, mucha suerte. Apuntaba a la mano, pero le he dado al revólver. —Los dos lo miraban petrificados y confundidos. Entonces, Daspry le dijo al banquero—: Perdone, señor, que me meta en lo que no me incumbe. Pero realmente estaba jugando muy mal la partida. Permítame que coja las cartas. —Se volvió hacia el otro y añadió—: Ahora vamos a vernos las caras tú y yo, compañero. Y juega limpio, te lo ruego. Triunfan corazones y yo tengo el siete.

Y le plantó delante de las narices la placa de hierro con los siete puntos rojos marcados.

Jamás en la vida había visto a nadie tan consternado. Varin estaba lívido, con los ojos desencajados y la cara descompuesta. El hombre parecía hipnotizado frente a la imagen que tenía delante.

—¿Quién es usted? —balbuceó.

—Ya lo he dicho, un señor que se mete en lo que no le incumbe. Pero que se mete a fondo.

—¿Y qué quiere?

—Todo lo que has traído.

—No he traído nada.

—Tú no habrías venido aquí sin nada. Esta mañana has recibido una nota que te citaba aquí a las nueve de la noche y te exigía traer todos los documentos que tenías. Y aquí estás. ¿Dónde están los documentos?

Había en la voz de Daspry y en su actitud una autoridad que me desconcertaba, actuaba de una manera completamente diferente a la que me tenía acostumbrado ese hombre, por lo general despreocupado y amable. Varin, ya vencido, señaló uno de sus bolsillos.

—Los documentos los tengo aquí.

—¿Y están todos?

—Sí.

—¿Todos lo que encontraste en la cartera de Louis Lacombe y luego vendiste al mayor Von Lieben?

—Sí.

—¿Y son copias u originales?

—Originales.

—¿Cuánto quieres por ellos?

—Cien mil.

Daspry soltó una carcajada.

—Tú estás loco. El mayor te dio veinte mil. Veinte mil tirados a la basura porque las pruebas han fallado.

—No supieron utilizar los planos.

—Los planos están incompletos.

—Entonces, ¿por qué me los pide?

—Los necesito. Te ofrezco cinco mil francos. Ni un céntimo más.

—Diez mil. Ni un céntimo menos.
—De acuerdo.

Daspry se dirigió al señor Andermatt.

—Señor, ¿quiere firmar un cheque?
—Pero no tengo...
—¿El talonario? Sí, aquí está.

Desconcertado, el señor Andermatt cogió el talonario que le entregaba Daspry.

—Es el mío... ¿Cómo es posible?
—Acabemos ya con esto, se lo ruego, querido amigo, solamente tiene que firmar. —El banquero sacó la estilográfica y firmó. Varin adelantó la mano—. Eso no se toca —dijo Daspry—, aún no hemos terminado. —Y entonces se dirigió al banquero—: Usted también quería unas cartas, ¿no es así?
—Sí, un paquete de cartas.
—¿Dónde están, Varin?
—Yo no las tengo.
—¿Dónde están, Varin?
—No lo sé. Las tenía mi hermano.
—Están escondidas aquí, en esta habitación.
—Entonces, usted ya sabe dónde están.
—¿Cómo iba a saberlo?
—Porque usted registró el escondrijo, ¿o no? Parece que sabe tanto como Salvator.
—Las cartas no están en el escondrijo.
—Sí que están ahí.
—Ábrelo. —Varin, lo miró con recelo. Todo daba a entender que Daspry y Salvator eran la misma persona. En ese caso, no arriesgaba nada enseñándole un escondrijo que ya había descubierto. En caso contrario, sería inútil—. Ábrelo —repitió Daspry.
—Yo no tengo el siete de corazones.
—Sí, aquí está —dijo Daspry, dándole la placa de hierro.

Varin retrocedió aterrado:

—No, no, no quiero...

—Da igual —Daspry se dirigió hacia el viejo monarca de la barba blanca, se subió a una silla y colocó el siete de corazones en la guarda de la espada, de manera que los bordes de la placa cubrieran exactamente los dos bordes de la espada. Luego, con un punzón, que introdujo sucesivamente en cada uno de los siete agujeros de los extremos de los siete puntos rojos, presionó en las siete piedritas correspondientes del mosaico. Cuando clavó la séptima piedra se activó un mecanismo y todo el busto del rey giró, dejando al descubierto un amplio agujero, dispuesto como una caja fuerte, revestida de hierro y con dos estantes de acero resplandeciente.

—¿Te das cuenta, Varin? La caja está vacía.

—Es verdad. Pues mi hermano se habrá llevado las cartas.

Daspry se dirigió hacia él y le dijo:

—No te hagas el listo conmigo. Hay otro escondrijo. ¿Dónde está?

—No hay ningún otro escondrijo.

—¿Quieres dinero? ¿Cuánto?

—Diez mil.

—Señor Andermatt, ¿esas cartas valen diez mil francos?

—Sí —dijo el banquero en voz muy alta.

Varin cerró la caja, cogió el siete de corazones con una evidente repugnancia y lo colocó en la espada, en la guarda, exactamente en el mismo lugar que antes. Luego, introdujo sucesivamente el punzón en el extremo de los siete puntos rojos y se activó un segundo mecanismo, pero esta vez, algo inesperado, solo giró una parte de la caja, que dejó al descubierto una cajita hecha en la misma puerta que cerraba la caja mayor.

El paquete de cartas estaba ahí, atado con un cordel y sellado. Varin se lo entregó a Daspry. Este preguntó al banquero:

—¿Ha preparado el cheque, señor Andermatt?

—Sí.

—¿Y tiene usted también el último documento de Louis Lacombe, el que completa los planos del submarino?

—Sí.

Se hizo el intercambio. Daspry se metió en el bolsillo el documento y el cheque y le entregó el paquete al señor Andermatt.

—Aquí tiene usted lo que quería, señor. —El banquero dudó un momento, como si le diera miedo tocar aquellas malditas hojas de papel, por las que tanto había luchado. Luego, con un gesto nervioso, las agarró. Oí un gemido a mi lado. Sujeté la mano de la señora Andermatt: la tenía helada. Y Daspry le dijo al banquero—: Creo, señor, que nuestra conversación ha terminado. Y nada de agradecimientos, se lo suplico. Solo el azar ha querido que pudiera serle útil. —El señor Andermatt se fue con las cartas de su mujer a Louis Lacombe—. De maravilla —exclamó Daspry muy contento—, todo se ha solucionado de la mejor manera posible. Ahora, ya solo nos falta cerrar nuestro negocio, compañero. ¿Tienes los documentos?

—Aquí están todos.

Daspry los comprobó, los examinó atentamente y se los metió al bolsillo.

—Perfecto, has cumplido tu palabra.

—Pero...

—¿Pero qué?

—¿Y los dos cheques? ¿Y el dinero?

—¡Vamos! Menuda desfachatez, hombre. ¿¡Cómo te atreves a reclamarlo!?

—Reclamo lo que me debe.

—¿Yo te debo algo a ti por unos documentos que robaste?

Varin parecía fuera de sí. Temblaba de rabia y tenía los ojos inyectados de sangre.

—El dinero, los veinte mil... —farfulló.

—No puede ser. Ya los tengo invertidos.

—¡El dinero!

—Vamos, sé razonable y deja el puñal tranquilo. —Daspry lo cogió del brazo tan brutalmente que el otro gritó de dolor. Y añadió—: Vete, compañero, te vendrá bien tomar el aire. ¿Quieres que te acompañe? Iremos por el descampado y te enseñaré un montón de piedras y debajo...

—¡Eso no es verdad! ¡Eso no es verdad!

—Sí, sí es verdad. Esta plaquita de hierro con siete puntos rojos viene de allí. Louis Lacombe nunca se separaba de ella, ¿te acuerdas? Tu hermano y tú la enterrasteis con el cadáver... y con más cosas que a la justicia le parecerán muy interesantes.

Varin se tapó la cara con los puños lleno de rabia. Luego dijo:

—De acuerdo. Me ha engañado. No sigamos hablando de eso. Pero una cosa más, solo una cosa, me gustaría saber...

—Te escucho.

—En la caja fuerte, en la más grande de las dos, ¿había un cofre?

—Sí.

—Cuando usted vino aquí, la noche del 22 al 23 de junio, ¿el cofre estaba en la caja?

—Sí.

—¿Y qué había dentro?

—Todo lo que vosotros metisteis ahí, las joyas, diamantes y perlas que habíais robado a diestro y siniestro. Una buena colección.

—¿Y se las llevó?

—Bueno, ponte en mi lugar.

—Entonces, ¿mi hermano se suicidó cuando vio que el cofre de las joyas había desaparecido?

—Es probable. Imagino que solo el hecho de que hubieran desaparecido las cartas que intercambiasteis con el mayor Von Lieben no habría sido motivo suficiente. Pero el cofre... ¿y eso es todo lo que querías preguntarme?

—Otra cosa más: ¿su nombre?

—Lo preguntas como si estuvieras pensando en vengarte.

—¡Pues claro! La suerte cambia. Hoy está de su lado. Pero mañana...

—Estará del tuyo.

—Eso espero. ¿Su nombre?

—Arsène Lupin.

—¡Arsène Lupin!

El hombre se tambaleó como si le hubieran dado un mazazo. Parecía que aquellas dos palabras le habían quitado cualquier esperanza de revancha. Daspry se echó a reír.

—Pero ¿tú crees, hombre, que cualquiera podría haber organizado todo este asunto? Vamos, tenía que ser por lo menos Arsène Lupin. Y ahora que ya sabes mi nombre, amigo, ve a preparar tu venganza, Arsène Lupin te espera.

Y lo empujó fuera sin añadir una palabra.

—¡Daspry, Daspry! —grité, utilizando aún y a mi pesar el nombre con el que hasta entonces lo había llamado.

Aparté la cortina de terciopelo.

Daspry corrió hacia nosotros.

—¿Qué? ¿Qué ocurre?

—La señora Andermatt se encuentra mal.

Daspry atendió a la señora Andermatt, le dio sales para respirar y, mientras tanto, me preguntaba.

—Pero ¿qué ha pasado?

—Las cartas —le dije—. Las cartas de Louis Lacombe que le has dado a su marido.

Daspry se dio un golpe en la frente.

—¡Qué imbécil soy! Claro, ella cree que le he dado «sus» cartas... Es verdad, tenía motivos para creerlo. —La señora Andermatt, ya reanimada, lo escuchaba ansiosamente. Entonces, Daspry sacó de su cartera un paquetito exactamente igual al que se había llevado el señor Andermatt—. Aquí tiene sus cartas, señora, estas son las auténticas.

—¿Y las otras?

—La otras son iguales que estas, pero anoche las reescribí y ordené cuidadosamente. Su marido se sentirá muy feliz cuando las lea y nunca sospechará del cambiazo, porque todo ha ocurrido delante de él.

—¿Y la letra?

—No hay letra que no pueda imitarse.

La señora Andermatt le dio las gracias con las mismas palabras con las que se habría dirigido a un hombre de su clase y yo me di cuenta de que no había debido de oír las últimas frases que intercambiaron Varin y Arsène Lupin.

Yo lo miraba algo incómodo, no sabía muy bien qué decir a ese antiguo amigo que se había sincerado tan de improviso. ¡Lupin! ¡Era Lupin!

¡Mi amigo era Lupin! ¡No salía de mi asombro! Pero él, con toda tranquilidad me dijo:

—Ya puedes despedirte de Jean Daspry.

—¿Sí?

—Sí, Jean Daspry se va de viaje. Lo mando a Marruecos. Y es muy posible que allí encuentre un final digno de él. Incluso confieso que esa es su intención.

—¿Y Arsène Lupin se queda con nosotros?

—¡Por supuesto que sí! La carrera de Arsène Lupin no ha hecho más que empezar y está pensando...

Sentía tanta curiosidad que no pude contenerme y me acerqué a él. Lo alejé un poco de la señora Andermatt y le dije:

—Entonces, al final, descubriste el segundo escondrijo, el de las cartas.

—Sí, ¡pero me costó bastante! Ayer por la tarde, mientras tú estabas en la cama. Y aunque parezca mentira, ¡Dios sabe qué fácil era! Pero las cosas más simples son siempre las últimas que piensas. —Me enseñó el siete de corazones y siguió hablando—: Ya sabía que para abrir la caja fuerte grande había que apoyar esta carta en la espada del rey del mosaico.

—¿Y cómo lo supiste?

—Muy fácil. Tengo mis propias informaciones, y cuando vine aquí la noche del 22 de junio ya lo sabía.

—Después de despedirte de mí.

—Sí, y después de haberte puesto en aquel estado de ánimo con las conversaciones que saqué durante toda la noche, así que estaba seguro de que alguien nervioso e impresionable como tú no se movería de la cama y me dejaría actuar a mi antojo.

—Tenías toda la razón.

—Entonces, cuando vine aquí, ya sabía que había un cofre escondido en una caja fuerte con una cerradura secreta y que el siete de corazones era la llave, la clave de esa cerradura. Ya solo tenía que colocar ese siete de corazones en un lugar que estuviera claramente preparado para él. Me bastó una hora para encontrarlo.

—¡Una hora!
—Mira el tipo del mosaico.
—¿El viejo emperador?
—Ese viejo emperador es la reproducción exacta del rey de corazones de todas las barajas de cartas, Carlomagno.
—Efectivamente. ¿Y por qué el siete de corazones abre las dos cajas, la grande y la pequeña? ¿Y por qué al principio solo pudiste abrir la grande?
—¿Por qué? Pues porque me empeñaba en colocar el siete de corazones siempre en el mismo sentido. Hasta ayer no me di cuenta de que si le daba la vuelta, es decir, si colocaba la séptima punta, la del medio, hacia arriba en lugar de hacia abajo, cambiaba la disposición de los siete puntos.
—¡Pues claro!
—Evidentemente, claro, pero había que pensarlo.
—Y otra cosa: tú no sabías nada de las cartas de la señora Andermatt hasta...
—¿Hasta que las mencionó delante de mí? Eso es, en la caja fuerte solo encontré el cofre y las cartas de los dos hermanos, las que me dieron la pista de su traición.
—En resumidas cuentas, quieres decir que solo por casualidad reconstruiste primero la historia de los hermanos y luego empezaste a buscar los planos y los documentos del submarino.
—Solo por casualidad.
—¿Y para qué los buscaste?
Daspry me interrumpió riendo:
—¡Dios mío! ¡Cómo te interesa este asunto!
—Me apasiona.
—Entonces, dentro de un momento, cuando haya llevado a la señora Andermatt a su casa y envíe la nota que voy a escribir a *L'Écho de France*, volveré y entraremos en detalles.
Se sentó y escribió una de esas breves notas lapidarias con las que tanto se divierte Arsène Lupin. ¿Quién no recuerda el alboroto que provocó aquella en el mundo entero?

Arsène Lupin ha resuelto el problema que Salvator había planteado estos últimos días. Él consiguió todos los documentos y planos originales del ingeniero Louis Lacombe y los envió al ministro de Marina. Con este motivo, abre una suscripción popular para regalar al Estado de Francia el primer submarino que se construya con esos planos. Y él mismo encabeza esa suscripción con la cantidad de veinte mil francos.

—¿Los veinte mil francos de los cheques del señor Andermatt? —le pregunté después de que me diera la reseña para leer.

—Exacto. Es justo que Varin pague parte de su traición.

Y así conocí a Arsène Lupin. Así supe que Jean Daspry, de mi círculo de amistades y bien relacionado socialmente, era Arsène Lupin, un ladrón de guante blanco. Así empezamos una amistad muy gratificante para mí, y así, poco a poco, gracias a la confianza con la que me honra, me convertí en el muy humilde, muy fiel y muy agradecido narrador de su historia.

7
LA CAJA FUERTE DE LA SEÑORA IMBERT

A las tres de la mañana aún había una media docena de coches delante de una de esas casonas que hacen de estudio y vivienda de pintores, en el único lado construido del bulevar Berthier. La puerta de la casona se abrió y de ella salió un grupo de invitados, hombres y mujeres. Cuatro coches arrancaron unos hacia la izquierda y otros a la derecha. En la avenida solo quedaron dos señores que se despidieron en la esquina de la calle Courcelles, donde vivía uno de ellos. El otro decidió regresar a casa a pie hasta la puerta Maillot.

Así pues, atravesó la avenida Villiers y siguió por la acera de enfrente a las fortificaciones. Daba gusto caminar en aquella bonita noche de invierno, limpia y fría. Se respiraba aire puro. El ruido de los pasos resonaba alegremente.

Pero al cabo de unos minutos, el caminante tuvo la desagradable sensación de que lo seguían. De hecho, se dio la vuelta y vio la sombra de un hombre deslizándose entre los árboles. Aunque no era nada miedoso, aceleró el paso para llegar lo más pronto posible al fielato de Ternes. Pero el otro hombre empezó a correr y él, bastante asustado, pensó que sería mejor sacar la pistola y enfrentarse al peligro.

No le dio tiempo, el desconocido lo atacó con violencia en el bulevar desierto e inmediatamente se vio metido de lleno en una pela en la que tenía todas las de perder. Pidió ayuda, forcejeó, pero el otro lo tiró encima de un montón de piedras, le agarró de la garganta y le metió un pañuelo en la boca para amordazarlo. Se le cerraron los ojos, le zumbaban los oídos y estaba a punto de perder el conocimiento cuando, de pronto, sintió que aflojaba la presión en la garganta y que el hombre que lo asfixiaba con el peso de su cuerpo se levantaba para defenderse de otro ataque que no esperaba.

El agresor recibió un bastonazo en la muñeca, una patada en la pierna, lanzó dos gritos de dolor y huyó cojeando y maldiciendo.

El recién llegado no se molestó en perseguirlo, sino que se agachó y dijo:

—¿Está usted herido, señor?

No estaba herido, pero sí aturdido e incapaz de mantenerse en pie. Por suerte, uno de los trabajadores del fielato, que había oído los gritos, acudió en su ayuda. Pararon un coche, subió el señor con su salvador y fueron juntos hasta el palacete donde vivía el primero, en la avenida de La Grande-Armée.

Junto a la puerta, ya recuperado del todo, se deshizo en agradecimientos:

—Le debo la vida, señor, créame, no lo olvidaré. Ahora no quiero asustar a mi mujer, pero me gustaría que ella misma le expresara nuestra gratitud.

—Así que le pidió que almorzara con ellos al día siguiente, le dijo su nombre, Ludovic Imbert, y añadió—: ¿Puedo saber con quién tengo el honor...?

—Por supuesto —dijo el otro. Y se presentó—: Me llamo Arsène Lupin.

Por aquel entonces, Arsène Lupin no tenía la fama que luego se ganó con el asunto Cahorn, la fuga de la Santé y con las otras muchas hazañas que tanta repercusión tuvieron. Ni siquiera se llamaba Arsène Lupin. Se inventó ese nombre, al que el futuro deparaba una gran reputación, precisamente para el salvador del señor Imbert, y ese caso también puede considerarse su bautismo de fuego. Arsène Lupin estaba listo para la batalla y, es verdad, perfectamente preparado, pero sin recursos y sin la autoridad que proporciona el éxito, entonces solo era aprendiz de un oficio del que pronto se convertiría en maestro.

¡Y qué alegría cuando se despertó y recordó la invitación de la noche anterior! ¡Por fin tenía su objetivo al alcance de la mano! ¡Por fin emprendía un trabajo digno de su capacidad y de su talento! Los millones de los Imbert, ¡vaya presa para un cazador como él!

Se arregló muy especialmente para la ocasión. Se vistió con un redingote ajado, el pantalón raído, un sombrero de seda un poco rojizo, además de puños y falso cuello deshilachados, todo muy limpio, pero oliendo a miseria. En la corbata, que era un lazo negro, un alfiler con un diamante de tres al cuarto. Y así de ridículo bajó la escalera del piso donde vivía en Montmartre. En la tercera planta dio unos golpes en la puerta con el bastón, sin detenerse. Ya en la calle se dirigió hacia los bulevares. Pasó un tranvía, se subió y la persona que caminaba detrás de él, el vecino del tercero, se sentó a su lado.

Al cabo de un instante el hombre le dijo:

—¿Y qué, jefe?

—¡¿Y qué!? Ya está hecho.

—¿Cómo?

—Hoy almuerzo en su casa.

—¡Hoy almuerzas en su casa!

—Espero que no creas que he expuesto una vida tan valiosa como la mía gratuitamente. He arrancado al señor Ludovic Imbert de las garras de una muerte segura que tú le tenías preparada. Y el señor Ludovic Imbert es de carácter agradecido. Me ha invitado a almorzar.

Después de un silencio el otro se atrevió a preguntar:

—Entonces, ¿no te echas atrás?

—¡Ay, amigo mío! —dijo Arsène Lupin—, no he organizado la pequeña agresión de anoche ni me he tomado la molestia de soltarte un bastonazo en la muñeca y una patada en la tibia, a las tres de la mañana, junto a las fortificaciones, arriesgándome así a herir a mi único amigo, para luego renunciar a los beneficios de un rescate tan bien organizado.

—Pero las malas lenguas dicen que la fortuna…

—Deja que digan. Llevo seis meses detrás de este asunto, seis meses informándome, investigando, lanzando mis redes, hablando con los criados, los prestamistas y los testaferros; llevo seis meses viviendo a la sombra del marido y de la mujer. Así que sé perfectamente a qué atenerme. Yo te digo que la fortuna existe y a mí me da igual que venga del viejo Brawford, como ellos aseguran, o que tenga otro origen. Y como existe, es mía.

—¡Demonios, cien millones!

—Pongamos que sean diez, o incluso cinco, ¡qué más da! En esa caja fuerte hay unos enormes paquetes de títulos. Y te digo que sería cosa del diablo si más tarde o más temprano no consigo la llave.

El tranvía se detuvo en la plaza de L'Étoile. Y el hombre susurró:

—Bueno, ¿y ahora?

—Ahora no hay nada más que hacer. Ya te avisaré. Tenemos tiempo.

Cinco minutos más tarde, Arsène Lupin subía la suntuosa escalera del palacete Imbert. Ludovic le presentó a su mujer. Gervaise era una señora bajita y regordeta, muy habladora. Recibió a Lupin con todos los honores.

—He querido que estuviéramos solos para celebrarlo con usted, nuestro salvador —dijo la mujer. Y desde ese momento trataron a «nuestro salvador» como a un amigo de toda la vida. A la hora del postre, ya eran íntimos. Arsène les contó su vida, la de su padre, un íntegro magistrado, su triste infancia y comentó las dificultades del presente. Gervaise a su vez habló de su juventud, de su matrimonio, del bondadoso señor Brawford, de los cien millones que le había dejado en herencia, de los obstáculos que retrasaban la llegada del día en que pudieran disfrutar de ellos, de los préstamos con unos intereses desorbitantes que había tenido que pedir, de las continuas peleas con los sobrinos de Brawford, del derecho de oposición y de los embargos. ¡A fin de cuentas, de todo!—. Imagínese usted, señor Lupin, los títulos están ahí mismo, en el despacho de mi marido, ¡pero si vendemos uno solo, lo perdemos todo! Están ahí, en la caja fuerte, y no podemos ni tocarlos.

A Lupin le recorrió un escalofrío ante la sola idea de esa cercanía. Y tuvo la clarísima sensación de que el señor Lupin nunca tendría bastante grandeza de espíritu como para sentir los mismos escrúpulos que aquella buena mujer.

—¡Ah! Están ahí —murmuró con la garganta seca.

—Ahí están.

Una relación que había empezado con tan buen pie solo podía estrecharse aún más. Los Imbert le preguntaron sobre su vida con mucha delicadeza, y Arsène Lupin les confesó su miseria y sus sufrimientos. Inmediatamente pidieron al pobre chico que se convirtiera en el secretario particular del matrimonio, con una remuneración de ciento cincuenta francos al mes.

Seguiría viviendo en su casa, pero iría todos los días a trabajar al palacete y, para más comodidad, pondrían a su disposición una de las habitaciones de la segunda planta, para que la usara de despacho.

Y Lupin eligió, qué casualidad, la que estaba encima del despacho de Ludovic.

Arsène no tardó en darse cuenta de que su trabajo se parecía muchísimo a una sinecura. En dos meses solo tuvo que transcribir cuatro cartas insignificantes y su jefe solo lo llamó a su despacho una vez, lo que le permitió contemplar la caja fuerte, de manera oficial, una única vez. Además, comprobó que al titular de aquella sinecura no se le consideraba digno de relacionarse con el diputado Anquety o con el decano del colegio de abogados, el señor Grouvel, porque olvidaron invitarlo a sus famosas fiestas.

Pero él no se quejó, prefería de largo conservar su modesto puesto a la sombra, así que se mantuvo apartado, feliz y libre. De todos modos, no perdía el tiempo. Para empezar, hizo unas cuantas visitas clandestinas al despacho de Ludovic y presentó sus respetos a la caja fuerte, que siempre estaba cerrada herméticamente. Era un enorme bloque de hierro fundido y acero, de aspecto poco atractivo, contra el que no servían ni limas, ni barrenas ni palancas.

Pero Arsène Lupin no era terco.

«Más vale maña que fuerza —pensaba—. Lo importante es tener ojos y oídos en ese despacho.»

De manera que adoptó las medidas necesarias y, después de minuciosos y complicados sondeos en el suelo de su habitación, introdujo un tubo de plomo que desembocaba en el techo del despacho, entre dos molduras de la cornisa. A través de ese tubo, que actuaba de conductor acústico y catalejo, esperaba ver y oír todo.

Desde ese momento vivió prácticamente tumbado en el suelo boca abajo. Y, de hecho, vio a menudo a los Imbert delante de la caja fuerte cotejando registros y manejando los expedientes. Cuando giraban sucesivamente los cuatro pomos que abrían la cerradura, intentaba contar el número de muescas que se oían para saber la combinación. Vigilaba los gestos del matrimonio y espiaba sus conversaciones. ¿Dónde tenían la llave? ¿Estaba escondida?

Un día, vio que salían de la habitación sin cerrar la caja y bajó a toda prisa. Entró muy decidido, pero los Imbert ya habían vuelto.

—¡Ay!, perdón —dijo—. Me he equivocado de puerta.

Pero Gervaise lo detuvo y lo metió en la habitación.

—Entre, señor Lupin, no se disculpe, pase. Pero si está usted en su casa... Quiero que nos dé un consejo. ¿Qué títulos cree usted que tendríamos que vender? ¿Bonos extranjeros o bonos del Estado?

—Pero ¿y el derecho de oposición de los sobrinos? —respondió muy extrañado.

—Ah, bueno, no afecta a todos los títulos.

Gervaise abrió más la puerta de la caja. En los estantes se amontonaban los portafolios atados con correas. Cogió uno. Pero su marido protestó.

—No, no, Gervaise, sería una locura vender bonos extranjeros. Van a subir. En cambio, los del Estado están muy altos, solo pueden bajar. ¿A usted qué le parece, querido amigo?

El querido amigo no tenía ninguna opinión, pero aconsejó que se sacrificaran los del Estado. Entonces, Gervaise cogió otro montón de papeles y de ese montón uno al azar. Era un título al 3 % de 1374 francos. Ludovic se lo metió en el bolsillo. Por la tarde, acudió con su secretario a un agente de bolsa para venderlo y cobró 46 000 francos.

Sin embargo, a pesar de lo que había dicho Gervaise, Arsène Lupin no se sentía en su casa. Al contrario, su situación en el palacete le daba muchas sorpresas desagradables. En varias ocasiones, pudo comprobar que los criados no sabían su nombre. Lo llamaban «señor». Así lo hacía siempre Ludovic: «Avise al señor... ¿Ha llegado el señor?». ¿A qué se debería algo tan extraño?

Es más, tras el entusiasmo del principio, los Imbert a penas le hablaban y, aunque lo trataban con la consideración que se debe a un benefactor, ¡no le hacían ni caso! Parecía que lo tenían por un bicho raro al que no le gustaba que lo molestaran y respetaban su aislamiento, como si ese aislamiento fuera una regla que él hubiera establecido, su capricho. Una vez que Lupin pasaba por el vestíbulo, oyó que Gervaise decía a dos señores: «¡Es un ermitaño!».

«De acuerdo —pensó—, soy un ermitaño.» Y renunció a entender las extravagancias de aquella gente, pero siguió con su plan. Estaba convencido de que no podía contar ni con la suerte ni con un despiste de Gervaise, que no se separaba de la llave y que, además, nunca la sacaba de la cerradura sin haber dado antes vueltas a los pomos para borrar la combinación. Así que tenía que actuar.

Un acontecimiento inesperado precipitó las cosas, algunos periódicos emprendieron una dura campaña contra los Imbert. Los acusaban de fraude. Arsène Lupin presenció las peripecias del drama y el nerviosismo del matrimonio y se dio cuenta de que si tardaba mucho lo perdería todo.

Durante cinco días seguidos, en lugar de marcharse hacia las seis, como hacía siempre, se encerró en su habitación. Todos creían que ya se había ido. Entonces, se tiraba en el suelo y vigilaba el despacho de Ludovic.

Como en esas cinco noches no se dieron las circunstancias favorables que él esperaba, la quinta se fue en plena noche por la puertecita que daba al patio. Tenía una llave de aquella puerta.

Al sexto día se enteró de que los Imbert, para acallar las maliciosas insinuaciones de sus enemigos, habían propuesto que se abriera la caja fuerte y se hiciera inventario.

«Será esta noche», pensó Lupin.

Efectivamente, después de cenar Ludovic se fue a su despacho y Gervaise se unió a él. El matrimonio empezó a revisar los registros de la caja fuerte.

Transcurrió una hora y luego otra. Lupin oyó que los criados se iban a acostar. Entonces, ya no quedaba nadie en la primera planta. Las doce de la noche. Los Imbert seguían con su tarea.

—Vamos —murmuró Lupin.

Abrió la venta que daba al patio. Era una noche muy oscura sin luna ni estrellas. Sacó del armario una cuerda con nudos y la ató a la barandilla del balcón, pasó por encima de la baranda y se deslizó despacio sujetándose al canalón hasta la ventana que estaba debajo de la suya. Era la del despacho, pero no podía ver la habitación porque la ocultaban unas cortinas muy gruesas. Se quedó quieto un momento, de pie en el balcón, aguzando el oído y al acecho.

El silencio lo tranquilizó, entonces empujó ligeramente las dos hojas de la ventana. Si nadie se había preocupado de comprobar que estaban

debidamente cerradas, cederían, porque esa misma tarde él había girado la falleba de manera que quedara fuera del cerradero.

Las hojas cedieron. Luego, con infinitas precauciones, las abrió más. Cuando ya pudo meter la cabeza, se detuvo. Por entre las dos cortinas mal unidas se filtraba un poco de luz; vio a Gervaise y a Ludovic sentados junto a la caja fuerte.

Estaban tan absortos en su tarea que apena hablaban y lo hacían en voz baja. Arsène calculó la distancia que lo separaba de ellos, fijó los movimientos exactos que tendría que hacer para inmovilizarlos, primero a uno y luego al otro, antes de que tuvieran tiempo de pedir ayuda. Ya iba a lanzarse cuando Gervaise dijo:

—¡Qué fría se ha quedado la habitación! Me voy a la cama. ¿Tú qué haces?

—Me gustaría acabar con esto.

—¡Acabar! Pues tienes para toda la noche.

—No, como mucho una hora más.

Gervaise se fue. Pasaron veinte minutos, treinta minutos. Arsène abrió la ventana un poco más. Las cortinas se movieron. La abrió aún más. Ludovic se volvió y al ver que el viento inflaba las cortinas, se levantó para cerrar la ventana.

No se oyó ni un grito, no hubo ni un ademán de lucha. Con unos cuantos movimientos muy precisos y sin hacerle ningún daño, Arsène lo dejó aturdido, le envolvió la cabeza con la cortina y lo ató de tal manera que Ludovic no pudiera ni siquiera distinguir la cara del agresor.

Entonces, fue rápidamente hacia la caja fuerte, atrapó dos portafolios que se metió debajo del brazo, salió del despacho, bajó la escalera, cruzó el patio y abrió la puerta de servicio. En la calle había un coche aparcado.

—Toma esto primero —le dijo al conductor— y sígueme.

Lupin volvió al despacho. En dos viajes vaciaron la caja fuerte. Luego Arsène subió a su habitación, recogió la cuerda y borró todas las huellas de su paso por ahí. Ya estaba hecho.

Pocas horas después, Arsène Lupin y su compañero hicieron el recuento de los portafolios. Y cuando Lupin comprobó que la fortuna de los Imbert no era tan jugosa como se decía, no se decepcionó en absoluto, porque eso ya lo había previsto. Los millones no se contaban por centenas, ni siquiera por decenas. Pero, al final, la suma total suponía una cifra muy respetable y había algunos valores muy fuertes: obligaciones de ferrocarriles, bonos de la Villa de París, fondos del Estado, de Suez, de las Minas del Norte, etcétera.

Lupin estaba satisfecho.

—Por supuesto —dijo—, perderemos mucho en el momento de negociar. Habrá una suspensión del pago y tendremos que vender más de un título a precio de ganga. Da igual, con estos primeros fondos podré vivir como quiero y hacer realidad algunos sueños muy importantes para mí.

—¿Y el resto?

—Lo puedes quemar, amigo mío. Este montón de papeles solo hacían bulto en la caja fuerte. A nosotros no nos sirven. Pero los títulos los meteremos en el armario durante una buena temporada y esperaremos el momento apropiado para negociar.

Al día siguiente, Arsène pensó que no había ningún motivo que le impidiese volver al palacete Imbert. Sin embargo, los periódicos publicaban una noticia inesperada: Ludovic y Gervaise habían desaparecido.

Se procedió a la apertura de la caja fuerte con mucha solemnidad. Y los magistrados solo encontraron dentro lo que Lupin había dejado..., poca cosa.

Así fueron los hechos y así me los explicó Arsène Lupin. Sí, él mismo me los contó un día que estaba de humor para las confidencias.

Aquel día, daba vueltas de un lado a otro de mi despacho, con una chispa en los ojos que yo nunca le había visto antes.

—En definitiva —le dije—, ¿ese ha sido tu mejor golpe?

No me respondió directamente, pero repitió:

—En ese asunto hay un gran secreto. Por eso, incluso después de todo lo que te he contado, hay cosas que no entiendo. ¿Por qué huyeron? ¿Por qué no se aprovecharon de la ayuda que yo les proporcioné involuntariamente? Para ellos era muy fácil decir: «En la caja fuerte había cien millones y ya no están porque los han robado».

—Perdieron la cabeza.

—Sí, eso es, perdieron la cabeza. Pero, además, es cierto que...

—¿Qué es cierto?

—No, nada.

¿Qué significaba esa reticencia? No me lo había dicho todo, eso era evidente, y era reacio a decir lo que no había dicho. Yo estaba muy intrigado. La cosa tenía que ser seria para que un hombre como Lupin estuviera indeciso.

Y, de un modo casual, le pregunté:

—¿No los volviste a ver?

—No.

—¿Y nunca te han dado pena esos dos pobres desgraciados?

—¡Pena! —soltó, muy alterado.

Aquella rabia me extrañó. ¿Habría metido el dedo en la llaga? Entonces, insistí:

—Por supuesto. Si no hubiera sido por ti, quizá ellos habrían podido arriesgarse o, por lo menos, largarse con los bolsillos llenos.

—¡Ah!, entonces piensas que tengo remordimientos, ¿no es eso?

—¡Pues sí!

Lupin dio un golpe muy fuerte en la mesa.

—De manera que tú crees que debería tener remordimientos.

—Llámalo como quieras, remordimientos, cargo de conciencia, en fin, algún sentimiento...

—Algún sentimiento hacia esas personas...

—Unas personas a las que robaste una fortuna.

—¿Qué fortuna?

—Bueno, los dos o tres fajos de títulos.

—¡Los dos fajos de títulos! Yo les robé unos paquetes de títulos, ¿verdad? ¿Una parte de su herencia? ¿Esa es mi culpa? ¿Ese es mi delito? Pero, maldita sea, querido amigo, ¿aún no te has enterado de que esos títulos eran falsos? ¿Me oyes? ¡ERAN FALSOS!

Yo me quedé helado.

—¿Los cuatro o cinco millones eran falsos?

—¡Falsos! —gritó Lupin con rabia—. ¡Completamente falsos! Falsos, las obligaciones, los títulos de la Villa de París, los fondos del Estado, ¡papel mojado, solo papel! ¡Ni un céntimo, de todo el paquete no saqué ni un céntimo! Y tú me dices que tenga remordimientos. ¡Ellos son los que tendrían que tenerlos! ¡Me engañaron como a un primo! ¡Me dejaron en la ruina como a un incauto! ¡Fui el más tonto de todas sus víctimas! —Arsène estaba realmente furioso, sentía una mezcla de rencor y orgullo herido—. Sí, de principio a fin, tuve todas las de perder desde el primer momento. ¿Sabes qué papel interpreté en ese asunto o, mejor dicho, qué papel me hicieron interpretar? ¡El de André Brawford! Sí, amigo mío, ¡y yo no me di cuenta de nada! Solo más tarde, con algunos detalles que leí en los periódicos, até cabos. ¡Mientras yo adoptaba el papel de salvador, el del señor que arriesgó su vida para arrancar a Imbert de las garras de un malhechor, ellos me estaban haciendo pasar por uno de los Brawford! ¿No te parece admirable? Aquel bicho raro que estaba en la habitación de la segunda planta, el ermitaño al que solo se veía de lejos, ¡era Brawford, y Brawford era yo! Y gracias a mí, gracias a la confianza que yo inspiraba con el nombre de Brawford, los banqueros les prestaban dinero y los notarios recomendaban a sus clientes que les prestasen el dinero. ¿Qué me dices? ¡Menuda escuela para un principiante! Sí, pero te juro que aprendí la lección. —Arsène se detuvo bruscamente, me sujetó del brazo y, con un tono crispado, en el que, sin embargo, era fácil percibir la ironía y la admiración, me dijo una frase muy extraña—: ¡Querido amigo, en este momento, Gervaise Imbert me debe mil quinientos francos! —Entonces yo ya no pude reprimir una carcajada, aquello era una broma de mal gusto. Y él también rio abiertamente—. Sí, querido amigo, ¡no solo no vi ni un céntimo de mi sueldo, sino que, además, Gervaise me pidió prestados mil quinientos francos! ¡Todos mis ahorros! ¿Y sabes para qué? ¡No te lo vas a creer! ¡Para los pobres! ¡Como te lo digo! Para los supuestos desgraciados a los que ella ayudaba a espaldas de Ludovic. ¡Y yo caí en la trampa! ¿No te parece gracioso? A Arsène Lupin le despluman mil quinientos francos, y se los despluma la buena mujer a la que robó cuatro millones de títulos falsos. ¡Y cuántas tretas, esfuerzos y artimañas geniales necesité para llegar a ese magnífico resultado! Es la única vez en mi vida que me han engañado. Pero, ¡demonios!, esa vez me engañaron bien, limpiamente, ¡y a qué precio!

8

LA PERLA NEGRA

Un tremendo timbrazo despertó a la portera de la casa del número 9 de la avenida Hoche. La señora tiró del cordón refunfuñando:

—Creía que todos los vecinos estaban en casa. ¡Son casi las tres de la mañana!

Su marido renegó.

—Seguramente será para el doctor.

En efecto, una voz preguntó:

—El doctor Harel, ¿en qué piso vive?

—En el tercero izquierda. Pero el doctor no atiende por la noche.

—Tendrá que atenderme. —El señor entró en el portal, subió una planta, dos plantas, y sin siquiera detenerse en el descansillo del doctor Harel, siguió hasta la quinta planta. Allí, probó dos llaves. Una abrió la cerradura, la otra el cerrojo de seguridad—. De maravilla —murmuró—, así se simplifica mucho el trabajo. Pero antes de empezar, tengo que asegurarme la retirada. Veamos, ¿ya habría tenido tiempo de llamar a la puerta del doctor y de que este me echara de su casa? No, aún no, un poco de paciencia.

Al cabo de quince minutos el hombre bajó las escaleras y golpeó el cristal de la portería mascullando contra el doctor. Le abrieron la puerta y salió dando un portazo. Pero la puerta no se cerró, porque el intruso puso rápidamente un trozo de hierro en el cerradero para que el pestillo no pudiera meterse en el agujero.

Entonces volvió a entrar sin hacer ruido y sin que se enterasen los porteros. Llegado el caso, tenía la retirada asegurada.

Tranquilamente, volvió a subir las cinco plantas. En el vestíbulo de la casa, iluminándose con una linterna eléctrica, se quitó el abrigo y el sombrero y los dejó en una silla, se sentó en otra y se cubrió los botines con una especie de calcetines gruesos de fieltro.

—¡Uf! Ya está. ¡Y qué fácil ha sido! A veces me pregunto por qué no se dedicará todo el mundo al oficio de ladrón, con lo cómodo que es. Con un poco de habilidad e inteligencia, no hay nada mejor. Un oficio fácil, un oficio para un cabeza de familia. Incluso tan sencillo que puede hacerse monótono. —Extendió un plano detallado del piso—. Empecemos por orientarnos. Aquí, este es el rectángulo del vestíbulo donde estoy. En el lado de la calle está el salón, el gabinete y el comedor. Es inútil perder el tiempo en esa zona, parece ser que la condesa tiene un pésimo gusto, todo baratijas, nada de valor. Entonces, vamos directos al grano. ¡Sí! Aquí aparece dibujado un pasillo, el pasillo que lleva a las habitaciones. A tres metros, debería estar la puerta del vestidor que comunica con la habitación de la condesa. —Dobló el plano, apagó la linterna y entró en el pasillo contando—: Un metro..., dos metros..., tres metros... Aquí está la puerta. ¡Cómo encaja todo, Dios mío! Un simple cerrojo, un triste cerrojo me separa de la habitación y, es más, sé que ese cerrojo está a un metro cuarenta y tres centímetros del suelo, de manera que, con la pequeña incisión que voy a hacer ahora mismo a su alrededor, nos habremos deshecho de él. —Sacó del bolsillo las herramientas necesarias, pero una idea lo detuvo—. ¿Y si por casualidad el pestillo no está echado? Probemos primero. ¡No cuesta nada! —Giró el pomo y la puerta se abrió—. Ay, amigo Lupin, definitivamente, la suerte está de tu lado. ¿Y ahora qué te hace falta? Conoces bien el terreno en el que vas a moverte y sabes dónde guarda la perla negra la condesa. Entonces, para que la perla negra sea tuya, simplemente se trata de ser más silencioso que el silencio y más invisible que la oscuridad.

Arsène Lupin tardó más de media hora en abrir la segunda puerta, una puerta acristalada que daba a la habitación. Pero lo hizo con tanto cuidado que, aunque la condesa no hubiera estado dormida, no la habría asustado ni un chirrido sospechoso.

Según las indicaciones del plano, solo tenía que rodear una *chaise longue*. De ahí llegaría a un sofá y luego a una mesita situada cerca de la cama. En la mesa, había una caja de papel de cartas y, simplemente, dentro de esa caja, la perla negra.

Se tumbó en la alfombra y empezó a rodear la *chaise longue*. Pero, al llegar al final, se detuvo para contener los latidos del corazón. Aunque no tenía miedo, le resultaba imposible vencer esa especie de angustia nerviosa que se siente cuando te envuelve un silencio demasiado profundo. Y aquello le sorprendió, porque, a fin de cuentas, él había vivido momentos que imponían más sin tanta inquietud. No le amenazaba ningún peligro. Entonces, ¿por qué le latía el corazón como un tambor? ¿Le impresionaba aquella mujer dormida, esa vida tan cercana a la suya?

Prestó atención y creyó distinguir el ritmo de una respiración. Aquello le tranquilizó como si fuera una presencia amiga.

Buscó el sofá, luego se arrastró hasta la mesa con pequeños movimientos imperceptibles, tanteando en la oscuridad con el brazo extendido. La mano derecha encontró una de las patas de la mesa.

¡Por fin! Ya solo tenía que levantarse, robar la perla y largarse. ¡Afortunadamente! Porque otra vez le saltaba el corazón en el pecho como un animal encerrado y con tanto ruido que le parecía imposible que la condesa no se despertara.

Con un ejercicio de voluntad extraordinario calmó el corazón, pero en el momento en que iba a intentar levantarse, la mano izquierda tropezó en la alfombra con un objeto. Lo reconoció inmediatamente, era un candelabro tirado en el suelo. Justo después, apareció otro objeto, un reloj de péndulo, uno de esos relojitos de viaje que se meten en una funda de cuero.

Pero ¿cómo? ¿Qué pasaba ahí? No entendía nada. El candelabro, el reloj... ¿por qué no estaban en su sitio? ¿Qué pasaba en medio de aquella espantosa oscuridad?

Y de pronto, se le escapó un grito. Había tocado... ¡Ay! ¡Había tocado una cosa rara que no se atrevía ni a nombrar! No, claro que no, no era eso, el miedo le estaba nublando la razón. Se quedó quieto, aterrorizado, le caía el sudor por las sienes. Pasaron veinte segundos, treinta segundos. En sus dedos permanecía la sensación de aquel contacto.

Haciendo un tremendo esfuerzo, estiró el brazo otra vez. Su mano rozó otra vez aquella cosa extraña, que no se atrevía a nombrar. Tenía que palparla e identificarla. Esa cosa era una cabeza, un rostro... y el rostro estaba frío, casi helado.

Por muy aterradora que sea la situación, un hombre como Arsène Lupin es capaz de controlarla desde el momento en que la examina en profundidad. Rápidamente encendió la linterna. Una mujer yacía en el suelo delante de él, cubierta de sangre. Tenía el cuello y los hombros destrozados con enormes heridas. Se agachó y la examinó. Estaba muerta.

—Muerta, muerta —repetía Lupin consternado. Y miraba aquellos ojos fijos, el rictus de la boca, la carne lívida, la sangre, toda aquella sangre que había caído en la alfombra y que entonces ya se secaba, espesa y negra. Lupin se levantó y encendió la luz, la habitación se iluminó y pudo ver todas las señales de una dura pelea. La cama estaba completamente deshecha, con las mantas y las sábanas arrancadas. Tirados en el suelo, el candelabro y el reloj de péndulo, las agujas marcaban las once y veinte, y más lejos, una silla volcada, y había sangre, charcos de sangre por todas partes—. ¿Y la perla negra? —murmuró. La caja del papel de cartas estaba en su sitio. La abrió rápidamente. Dentro tenía el estuche, pero el estuche estaba vacío.

«Demonios —pensó—, amigo Lupin, has presumido de suerte demasiado pronto... Han asesinado a la condesa y la perla negra ha desaparecido, ¡la situación no es tan buena! —Pero Lupin no se movió del sitio—. ¿Qué vas a hacer? ¿Salir corriendo? Sí, lo sé, otro saldría corriendo, ¡pero

Arsène Lupin...! Veamos, vayamos por orden. Después de todo, tienes la conciencia tranquila. Imagínate que eres comisario de policía y que tienes que empezar una investigación... Sí, pero para eso hace falta tener la mente lúcida. Y la mía no lo está precisamente.»

Se dejó caer en un sillón, con los puños en la frente ardiendo.

El caso de la avenida Hoche es uno de los crímenes que más intriga ha despertado en estos últimos tiempos y, por cierto, yo no lo contaría si la participación de Arsène Lupin no le proporcionase un tinte muy especial. Hay muy pocas personas que sospechan que él participó en el caso, pero, desde luego, nadie sabe la auténtica y sorprendente verdad.

¿Quién no conocía, de haberla visto en el bosque de Boulogne, a Léontine Zalti, antigua cantante, primero esposa y luego viuda del conde de Andillot? Hará unos veinte años, la Zalti, condesa de Andillot, vivía rodeada de un lujo que deslumbraba a todo París y sus joyas de diamantes y perlas la hicieron famosa en Europa. De ella se decía que llevaba sobre los hombros las cajas fuertes de varios bancos y las minas de oro de varias compañías australianas. Los mejores joyeros trabajaban para la Zalti como antiguamente trabajaban para reyes y reinas.

¿Y quién no recuerda la catástrofe que acabó con toda su riqueza? Los bancos, las minas de oro, la ruina lo devoró todo. Su magnífica colección de joyas salió a subasta y se desperdigó, pero la condesa se quedó con la famosa perla negra. ¡La perla negra! Es decir, una fortuna si hubiera querido desprenderse de ella.

Pero la condesa no quiso. Prefirió reducir gastos y vivir en un piso sencillo, con una señora de compañía, la cocinera y un criado, antes que vender esa joya de un valor incalculable. Y lo hizo por un motivo que no dudaba en confesar: ¡la perla negra era regalo de un emperador! Y aunque se vio casi arruinada y obligada a vivir muy modestamente, siempre se mantuvo fiel a su compañera de los buenos tiempos.

—Mientras viva —decía—, no me separaré de ella.

La llevaba colgada del cuello todo el día. Y por la noche, la guardaba en un lugar que solo ella conocía.

Los periódicos recordaron todos esos hechos, que despertaron la curiosidad del público y, cosa rara, pero fácil de entender para los que tienen la clave del secreto, precisamente la detención del presunto asesino complicó el misterio y prolongó la emoción. Dos días después del asesinato, los diarios publicaban la siguiente noticia:

> Nos comunican la detención de Victor Danègre, el criado de la condesa de Andillot. Las pruebas contra él son abrumadoras. El señor Dudouis, jefe de la Seguridad, encontró su librea en la habitación que ocupaba, entre el somier y el colchón, y en la manga de lustrina había manchas de sangre. Además, a la librea le faltaba un botón forrado. Pues bien, cuando se inició el registro, ese botón apareció debajo de la cama de la propia víctima.
>
> Es probable que Danègre, después de servir la cena, en lugar de subir a su habitación, entrara en el vestidor y viese, a través del cristal de la puerta, a la condesa esconder la perla negra.
>
> Tenemos que decir que, hasta el momento, no hay pruebas que confirmen esa sospecha. De todos modos, hay otro hecho incomprensible. A las siete de la mañana, Danègre fue al estanco del bulevar de Courcelles. Así lo han declarado primero la portera y luego el estanquero. Por otra parte, la cocinera de la condesa y su señora de compañía, que duermen al final del pasillo, afirman que a las ocho de la mañana, cuando se levantaron, la puerta del vestíbulo y la de la cocina estaban cerradas con llave. Esas dos personas llevan veinte años al servicio de la condesa y están libres de cualquier sospecha. Así pues, cabe preguntarse cómo pudo salir Danègre de casa de la condesa. ¿Tendría una copia de la llave? La instrucción del sumario aclarará todos estos hechos.

Pero la instrucción no aclaró absolutamente nada, sino todo contrario. Se supo que Victor Danègre era un delincuente habitual peligroso, alcohólico y depravado, al que no asustaba una puñalada. Sin embargo, parecía que, a medida que se desarrollaba la investigación, el caso se sumía cada vez más en una profunda oscuridad y surgían contradicciones aún más inexplicables.

En primer lugar, la señorita Sinclèves, prima y única heredera de la víctima, declaró que la condesa, un mes antes de su muerte, le contó en una de sus cartas dónde escondía la perla negra. Al día siguiente de recibir esa carta, la señorita se dio cuenta de que había desaparecido. ¿Quién la había robado?

Luego, los porteros aseguraron que esa misma noche habían abierto la puerta a un individuo que subió a casa del doctor Harel. Cuando le preguntaron al doctor, este dijo que nadie había llamado al timbre. Entonces, ¿quién era aquel individuo? ¿Un cómplice?

La prensa y el público apoyaron la idea del cómplice. Ganimard, el viejo inspector principal de policía, también la defendía, y no sin razón.

—Aquí se huele la presencia de Lupin —le dijo al juez de instrucción.

—¡Bah! —respondió el juez—. Usted ve a Lupin por todas partes.

—Lo veo por todas partes, porque está en todas partes.

—Mejor diga que lo ve siempre que hay algo que no le parece muy claro. Además, en este caso concreto, fíjese usted, el crimen se cometió a las once y veinte de la noche, como se sabe por el reloj, y la visita nocturna que denuncian los porteros fue a las tres de la mañana.

La justicia frecuentemente obedece al influjo de una convicción que obliga a los hechos a ceder ante la primera explicación que se ha dado de ellos. En el juez influyeron los pésimos antecedentes penales de Victor Danègre, delincuente habitual, borracho y depravado, pero, aunque ninguna circunstancia nueva corroboró las dos o tres pistas que se descubrieron al principio, él se mantuvo inquebrantable en sus opiniones. Y cerró la instrucción del caso. Unas semanas después se inició la vista.

Las declaraciones fueron confusas e interminables. El presidente del tribunal dirigió el juicio sin ningún interés. El fiscal atacó con debilidad. En esas condiciones, el abogado de Danègre lo tenía fácil. Señaló las lagunas del caso y la imposibilidad de los hechos en los que se basaba la acusación. No había ninguna prueba material. ¿Quién duplicó la llave? Esa llave era indispensable, porque sin ella, Danègre no habría podido volver a cerrar la puerta de la casa después de salir. ¿Quién había visto esa llave y qué había sido de ella? ¿Quién había visto la navaja del asesino y qué había sido de ella?

—Y, en cualquier caso —concluía el abogado—, demuestren ustedes que mi cliente mató a la condesa. Demuestren ustedes que el autor del robo y del asesinato no es ese misterioso personaje que entró en la casa a las tres de la mañana. Ustedes me dirán: «el reloj marcaba las once». ¿Y qué? ¿No pueden ponerse las agujas de un reloj a la hora que uno quiera?

Victor Danègre quedó absuelto.

Danègre salió de la cárcel un viernes al caer la tarde. Seis meses en una celda lo habían dejado demacrado y deprimido. La instrucción del caso, la soledad, las declaraciones y la deliberación del jurado, todo eso le había provocado un miedo enfermizo. Por la noche sufría espantosas pesadillas y tenía visiones del patíbulo. Temblaba de ansiedad y de terror.

Alquiló una pequeña habitación en la parte alta de Montmartre con el nombre de Anatole Dufour. Y vivió como pudo con trabajos esporádicos, haciendo un poco de todo aquí y allá.

¡Una vida lamentable! Tres veces lo contrataron para tres trabajos diferentes, pero cuando sus jefes lo reconocieron, lo despidieron inmediatamente.

Danègre a menudo se daba cuenta, o creía darse cuenta, de que unos hombres lo seguían. Estaba seguro de que eran policías que no se rendían y querían hacerle caer en alguna trampa. El hombre ya sentía la fuerte presión de una mano agarrándole del cuello.

Una noche, mientras cenaba en una taberna del barrio, alguien se sentó enfrente de él. Era un individuo de unos cuarenta años, vestido con un redingote negro de dudosa pulcritud. El desconocido pidió una sopa, unas legumbres y un litro de vino.

Cuando terminó la sopa, volvió la cabeza hacia Danègre y se lo quedó mirando durante un buen rato.

Danègre se puso pálido. Probablemente sería uno de los individuos que lo seguían desde hacía semanas. ¿Qué querría? Danègre intentó levantarse, pero no pudo. Le temblaban las piernas.

El hombre se sirvió un vaso de vino y llenó el vaso de Danègre.

—¿Brindamos, compañero?

Victor balbuceó:

—Sí, sí... A tu salud, compañero.

—A la tuya, Victor Danègre.

Al otro le dio un vuelco el corazón y dijo:

—¡Yo!..., ¡yo!..., no..., te juro...

—¿Qué me juras? ¿Que tú no eres tú? ¿Que tú no eres el criado de la condesa?

—¿Qué criado? Yo me llamo Dufour. Pregúntale al tabernero.

—Sí, para él eres Anatole Dufour, pero para la justicia, Victor Danègre.

—¡Eso no es cierto! ¡No es cierto! Te han mentido.

El recién llegado sacó del bolsillo una tarjeta y se la entregó. Victor leyó: «Grimaudan, antiguo inspector de la Seguridad. Investigador privado», y empezó a temblar.

—¿Eres policía?

—Ya no, pero me gustaba el oficio, ahora trabajo de una manera más... lucrativa. De vez en cuando resuelvo casos que son oro puro, como el tuyo.

—¿El mío?

—Sí, el tuyo, tu caso es excepcional, siempre que quieras poner de tu parte.

—¿Y si no quiero?

—Tendrás que hacerlo. Estás en una situación en la que no puedes negarme nada.

Un miedo indefinido se apoderó de Victor Danègre. Entonces, le preguntó al desconocido:

—¿Qué quieres?, dime.

—De acuerdo —respondió el otro—, acabemos con esto. En pocas palabras, me envía la señorita Sinclèves.

—¿Sinclèves?

—Sí, la heredera de la condesa de Andillot.

—¿Y para qué?

—Pues bien, la señorita Sinclèves me ha encargado que te pida la perla negra.

—¿La perla negra?

—Sí, la que robaste.

—¡Pero si yo no la tengo!

—Sí la tienes.

—Si la tuviera, entonces sería el asesino de la condesa.

—Y eres su asesino.

Danègre hizo un esfuerzo por reír.

—Por suerte para mí, querido amigo, el tribunal penal no opinó lo mismo. Todos los miembros del jurado, ¿me oyes bien?, todos me consideraron inocente. Y cuando uno tiene la conciencia tranquila y el respeto de doce buenas personas...

El antiguo inspector lo sujetó del brazo.

—Déjate de tonterías, amigo, escucha muy atentamente y sopesa mis palabras, te merece la pena. Danègre, tres semanas antes del crimen, tú robaste a la cocinera la llave de la puerta de servicio y encargaste una copia en la cerrajería de Outard, en la calle Oberkampf, número 244.

—Eso no es verdad, no es verdad —gruñó Victor—. Nadie ha visto esa llave. Esa llave no existe.

—Aquí está. —Después de un silencio Grimaudan continuó hablando—: Tú mataste a la condesa con una navaja de virola que compraste en el bazar de la plaza de la República, el mismo día que encargaste la llave. La hoja es triangular y tiene un surco.

—Todo esto es una broma, estás hablando por hablar. Nadie ha visto esa navaja.

—Aquí está. —Victor Danègre se echó hacia atrás. El antiguo inspector siguió—: La hoja tiene unas manchas de sangre. ¿Hace falta que te diga de quién?

—¿Y qué?... Tienes una llave y una navaja. ¿Quién puede confirmar que son mías?

—Para empezar, el cerrajero y luego el empleado que te vendió la navaja. Ya les he refrescado la memoria. Si te tienen delante te reconocerán.

Grimaudan hablaba de malos modos, con dureza y una exactitud aterradora. Danègre temblaba de miedo. Ni el juez ni el presidente del tribunal ni el fiscal lo habían acorralado de esa manera, ninguno de ellos había visto tan claros unos hechos que él mismo ya no distinguía muy bien.

Sin embargo, aún trató de fingir indiferencia.

—¡Pues si esas son todas las pruebas...!

—No, me queda otra más. Después del crimen, te fuiste por donde llegaste. Pero, cuando estabas en medio del vestidor, presa del pánico, tuviste que apoyarte en la pared para mantener el equilibrio.

—¿Cómo lo sabes? —preguntó Victor balbuceando—. Nadie puede saber eso.

—La justicia no, a ninguno de esos señores de la Fiscalía se le ocurrió encender una vela y examinar las paredes. Pero si lo hicieran verían que en el yeso blanco de la pared hay una mancha roja muy pequeña, pero lo bastante clara como para poder encontrar ahí la huella del lado interior del pulgar que apoyaste en la pared, completamente manchado de sangre. Y tú sabes muy bien que esa es una de las mejores maneras de identificar a las personas.

Victor Danègre estaba lívido. Le corrían gotas de sudor por la frente. Miraba con ojos de loco a aquel extraño hombre que relataba su crimen como si hubiera sido un testigo invisible.

Agachó la cabeza, vencido, impotente. Llevaba meses luchando contra todo el mundo, pero tenía la sensación de que contra aquel hombre no podría hacer nada.

—Y si te entrego la perla —balbuceó—, ¿cuánto me darás?

—Nada.

—¿¡Cómo!? ¡Te burlas de mí! ¿Te doy una cosa que vale una millonada y no recibo nada a cambio?

—Sí, la vida. —Al miserable de Danègre le recorrió un escalofrío. Pero Grimaudan siguió hablando, entonces ya con un tono casi amable—: Vamos a ver, Danègre, esa perla no vale nada para ti. Es imposible que tú la vendas. Entonces, ¿para qué la quieres?

—Pues porque hay peristas y algún día, a cualquier precio...

—Algún día será demasiado tarde.

—¿Por qué?

—¿Por qué, me preguntas? Muy fácil, porque para entonces la justicia ya te habrá echado el guante y esta vez tendrá las pruebas que yo le proporcionaré, la navaja, la llave y la huella del pulgar. Estás acabado, amigo.

Victor se agarraba la cabeza con las dos manos e intentaba pensar. Se sentía perdido, así era, irremediablemente perdido y al mismo tiempo, tan agotado, tenía una enorme necesidad de descansar, de dejar todo atrás. Entonces murmuró:

—¿Cuándo la necesitas?

—Esta noche. Antes de una hora.

—¿Y si no te la doy?

—Pues si no me la das, llevo a una oficina de correos esta carta, en la que la señorita Sinclèves te denuncia al fiscal de la República.

Danègre se sirvió dos vasos de vino, que se bebió de un trago, luego se levantó y dijo:

—Paga la cuenta y vámonos. Ya estoy harto de este maldito asunto.

Ya era de noche. Los dos hombres bajaron por la calle Lepic y fueron por los bulevares hacia Étoile. Caminaban en silencio, Victor muy cansado y con la espalda hundida.

En el parque Monceau dijo:

—Está junto a la casa.

—¡Pues claro! Antes de que te detuvieran, únicamente saliste para ir al estanco.

—Ya hemos llegado —dijo Danègre con una voz ronca.

Bordearon la verja del parque Monceau y cruzaron la calle en cuya esquina estaba el estanco. Danègre se detuvo un poco más lejos. Le temblaban las piernas. Se derrumbó en un banco.

—¿Y ahora? —preguntó su compañero.

—Ahí está.

—¿¡Ahí está!? ¿Qué quieres decir?

—Que está ahí, delante de nosotros.

—¡Delante de nosotros! Vamos, Danègre, no deberías...

—Te repito que está ahí.

—¿Dónde?

—Entre dos adoquines.

—¿Entre cuáles?

—Búscalos.

—¿Cuáles? —repitió Grimaudan. Victor no respondió—. ¡Ah!, perfecto, amigo mío, quieres que envíe la carta.

—No, pero voy a morirme de hambre...

—Ah, ¿estás dudando? De acuerdo, seré una buena persona. ¿Cuánto necesitas?

—Lo suficiente para comprar un pasaje de entrecubierta a América.

—Concedido.

—Y cien francos para los primeros gastos.

—Te daré doscientos. Habla.

—Cuenta los adoquines, a la derecha de la alcantarilla. Está entre el doce y el trece.

—En el canal.

—Sí, debajo de la acera.

Grimaudan miró a su alrededor. Pasaban tranvías y pasaba gente. Pero qué importaba, ¿quién iba a sospechar?

Abrió una navaja y la metió entre los adoquines doce y trece.

—¿Y si no está?

—Si nadie me vio agacharme y esconderla, aún tiene que estar ahí.

¿Y podría ser que estuviera? La perla negra tirada en el barro de un canal de desagüe, al alcance de la mano de cualquiera que pasara por allí. ¡La perla negra, una fortuna!

—¿A qué profundidad?

—A diez centímetros, más o menos.

Grimaudan ahondó en la tierra mojada. Tocó algo con la punta de la navaja. Agrandó el agujero con la mano.

Y vio la perla negra.

—Toma, aquí tienes los doscientos francos. El billete a América te lo enviaré.

Al día siguiente, *L'Écho de France* publicaba una noticia, que reprodujeron los periódicos de todo mundo.

> Desde el día de ayer, Arsène Lupin tiene en sus manos la famosa perla negra, que arrebató al asesino de la condesa de Andillot. Dentro de poco, se expondrán unas copias exactas de la perla en Londres, San Petersburgo, Calcuta, Buenos Aires y Nueva York.
> Arsène Lupin espera las ofertas que quieran hacerle los lectores.

—Y ya ves como siempre se castiga el crimen y se premia la virtud. —Así terminó el relato Arsène Lupin, cuando me contó los entresijos de aquel caso.

—Y ya veo como el destino te eligió con el nombre de Grimaudan, antiguo inspector de policía de la Seguridad, para quitar a un delincuente los beneficios de su crimen.

—Exactamente. Y te confieso que es una de las aventuras de las que más orgulloso me siento. Los cuarenta minutos que pasé en casa de la condesa, después de haber comprobado que estaba muerta, son los más tremendos y los más reflexivos de mi vida. En esos cuarenta minutos, a pesar de que estaba enredado en una situación completamente enmarañada, reconstruí el crimen y confirmé, gracias a alguna pista que encontré, que el culpable solo podía ser un criado de la condesa. Por último, me di cuenta de que para conseguir la perla tenían que detener al criado, por eso dejé el botón de la librea, pero no debía haber pruebas irrecusables de su culpabilidad, por eso guardé la navaja que el autor del crimen había olvidado en la alfombra, me llevé la llave que había olvidado en la cerradura, cerré la puerta con llave y borré las huellas de los dedos que vi en la pared del vestidor. En mi opinión, fue una idea…

—Genial —le interrumpí.

—Genial, si quieres llamarla así, que no se le ocurriría a cualquiera. Imaginar en un segundo los dos términos del problema, la detención y el veredicto de inocencia, utilizar el enorme aparato de la justicia para trastornar a ese hombre, para atontarlo, en dos palabras, para ponerlo en un estado anímico que, una vez libre, tendría inevitablemente, forzosamente, que caer en la trampa un poco burda que le iba a tender.

—¿Un poco burda? Di más bien muy burda, porque ese hombre no estaba en peligro.

—En absoluto, un veredicto de inocencia es definitivo.

—Pobre diablo.

—¿¡Pobre diablo Victor Danègre!? ¿No se te ha ocurrido pensar que es un asesino? Hubiera sido completamente inmoral que se quedara con la perla negra. Está vivo, piénsalo bien, ¡Danègre está vivo!

—Y tú tienes la perla negra.

La sacó de un bolsillo secreto de su cartera, la miró intensamente, la acarició con los dedos y con la mirada y suspiró.

—¿Quién será el boyardo? ¿Quién será el imbécil y vanidoso rajá que disfrutará de este tesoro? ¿A qué millonario americano le estará destinado este pedacito de hermosura y lujo que embellecía el blanco cuello de Léontine Zalti, condesa de Andillot?

9

HERLOCK SHOLMÈS LLEGA DEMASIADO TARDE

—Velmont, ¡es curioso cuánto se parece usted a Arsène Lupin!

—¡Ah! ¿Lo conoce?

—Bueno, como todo el mundo... Lo he visto en fotografías, en ninguna está igual, pero en todas tiene la misma fisonomía, que es igual que la suya.

Horace Velmont pareció algo ofendido.

—¿Verdad que sí, mi querido Devanne? Y créame, no es el primero que me lo dice.

—Se parece tanto —insistió Devanne—, que si no me lo hubiera recomendado mi primo Estevan y si no fuera el famoso pintor cuyas hermosas marinas admiro tanto, creo que habría avisado a la policía de que estaba usted en Dieppe.

Todos los invitados soltaron una carcajada ante aquella salida de tono. En el enorme comedor del castillo de Thibermesnil estaban además de Velmont, el padre Gélis, párroco de la aldea, y una docena de oficiales, cuyos regimientos hacían maniobras por los alrededores, que habían aceptado la invitación del banquero Georges Devanne y de su madre. Uno de ellos comentó en voz muy alta:

—Pero ¿no denunciaron precisamente a Arsène Lupin en la costa, después del famoso golpe del rápido París-El Havre?

—Exacto, de eso hace tres meses, la semana siguiente conocí a nuestro querido Velmont en el casino y, desde entonces, ha querido honrarme con algunas visitas, un agradable preludio a una visita al castillo más concienzuda que hará uno de estos días o, mejor dicho, una de estas noches. —Todos rieron de nuevo y pasaron al antiguo salón de los guardias, una vasta habitación, de techos muy altos, que ocupaba toda la parte inferior de la torre Guillaume, donde Georges Devanne exhibía las extraordinarias riquezas que los señores de Thibermesnil habían acumulado durante siglos. Allí había aparadores, consolas, morillos y candelabros. De las paredes de piedra colgaban magníficos tapices. Los vanos de las cuatro ventanas eran profundos, tenían un banco adosado y acababan en unas bóvedas de crucería con vidrieras emplomadas. Entre la puerta y la ventana de la izquierda, se levantaba una biblioteca monumental de estilo renacentista, con un frontón en el que podía leerse en letras doradas: «Thibermesnil» y debajo el orgulloso lema de la familia: «Haz lo que quieras». Cuando encendieron los puros, Devanne siguió hablando—: Solo que dese usted prisa, Velmont, porque esta noche es su última oportunidad.

—¿Y por qué? —respondió el pintor, que por lo visto se tomaba el asunto en broma.

Devanne iba a responder cuando su madre le hizo un gesto. Pero con el entusiasmo de la cena y el deseo de entretener a sus invitados se dejó llevar.

—Bueno —murmuró—, ahora puedo decirlo. Ya no hay que preocuparse por alguna indiscreción. —Todos, muy curiosos, se sentaron a su alrededor y Devanne anunció con ese aire de satisfacción de alguien que da una gran noticia—: Mañana, a las cuatro de la tarde, Herlock Sholmès, el gran policía inglés, la persona que mejor resuelve los misterios que jamás hayamos conocido, el magnífico personaje que podría haber creado la mente de un novelista, Herlock Sholmès será mi invitado. —Todos querían decir algo. ¿Herlock Sholmès en Thibermesnil? ¿Sería cierto? Entonces, ¿Arsène Lupin estaba de verdad por aquellas tierras? Pero Devanne continuó—. Arsène Lupin y su banda no andan lejos. Dejando a un lado el caso del barón de Cahorn,

¿a quién podrían atribuirse los robos en Montigny, Gruchet y Craville? Solo a nuestro ladrón nacional. Hoy me toca a mí.

—¿Y a usted también lo ha avisado, como al barón de Cahorn?

—La misma estrategia no saldría bien dos veces seguidas.

—¿Entonces?

—¿Entonces? Miren ustedes esto. —Devanne se levantó y señaló con el dedo, en una de las estanterías de la biblioteca, un pequeño espacio vacío entre dos enormes infolios—. Aquí había un libro, un libro del siglo XVI, titulado *Chronique de Thibermesnil,* que relataba la historia del castillo desde que el duque de Rollon inició su construcción en el lugar que ocupaba una fortaleza feudal. En el libro había tres grabados. Uno reproducía el conjunto de la propiedad con perspectiva caballera, el segundo el plano de los edificios y el tercero, presten atención a este detalle, el trazado de un subterráneo con una salida que se abre en el exterior de la primera línea de murallas y otra que desemboca aquí, sí, en este mismo salón. Pues bien, ese libro desapareció el mes pasado.

—¡Demonios! —dijo Velmont—. Es una mala señal, pero no tanto como para motivar la intervención de Herlock Sholmès.

—Tiene razón, eso no habría bastado si no hubiera ocurrido otro hecho que proporciona todo su significado al que acabo de contarles. La Biblioteca Nacional conservaba otro ejemplar de esta *Chronique,* pero los dos ejemplares tenían algunos detalles diferentes del subterráneo, como el plano del perfil, la escala y varias anotaciones no impresas, sino manuscritas con tinta, más o menos borradas. Yo esto ya lo sabía, y también sabía que el trazado definitivo solo puede reconstruirse cotejando minuciosamente los dos planos. Pues bien, al día siguiente de la desaparición de mi ejemplar, un lector pidió el de la Biblioteca Nacional y se lo llevó sin que pudiera establecerse cómo cometió el robo.

Todos exclamaron al oír el relato de Devanne.

—Ahora sí, el asunto se pone serio.

—También esta vez —dijo Devanne— a la policía le sorprendieron los hechos y abrió una doble investigación que, por cierto, no dio ningún resultado.

—Como todas las que tienen en el punto de mira a Lupin.

—Exacto. Por eso se me ocurrió pedir ayuda a Herlock Sholmès, quien me respondió que tenía muchas ganas de entrar en contacto con Arsène Lupin.

—¡Menudo orgullo para Arsène Lupin! —dijo Velmont—. Pero si nuestro ladrón nacional, como usted lo llama, no prepara ningún plan contra Thibermesnil, ¿no estará aquí Herlock Sholmès mano sobre mano?

—Hay otra cosa que también le atrae enormemente, descubrir el subterráneo.

—¿Cómo? ¡Usted ha dicho que una de las entradas estaba en el campo y la otra en este mismo salón!

—¿Dónde? ¿En qué lugar del salón? La línea que representa el subterráneo en los planos termina, efectivamente, en un circulito en el que hay escritas dos letras en mayúscula, «T G», y no cabe duda de que las letras significan «Torre Guillaume», ¿estamos de acuerdo? Pero la torre es redonda, entonces, ¿quién podría decir con exactitud en qué lugar del círculo empieza el trazado del dibujo? —Devanne encendió un segundo puro y se sirvió un vaso de Bénédictine. Todos los invitados lo atosigaban con preguntas. El hombre sonreía, feliz por el interés que había despertado en sus amigos, y al final dijo—: El secreto se ha perdido. Nadie en el mundo lo sabe. La leyenda dice que los poderosos señores de Thibermesnil lo transmitían de padres a hijos en el lecho de muerte, hasta el día en que a Geoffroy, el último descendiente de la familia, le cortaron la cabeza en la guillotina, el 7 de termidor del II, a los diecinueve años.

—Pero desde entonces, hace ya un siglo, ¿no lo han buscado?

—Sí, lo han buscado, pero inútilmente. Yo mismo, cuando compré el castillo al bisnieto del hermano de Leribourg, que era miembro de la Convención, mandé registrar la torre. ¿Y de qué me sirvió? Piensen ustedes que la torre está rodeada de agua y solo se une al castillo en un punto, por lo tanto, el subterráneo tiene que pasar por debajo de las antiguas fosas. Además, el plano de la Biblioteca Nacional muestra una serie de cuatro escaleras con cuarenta y ocho peldaños cada una, lo que nos permite suponer una profundidad de más de diez metros. Y la escala adjunta al otro plano establece una distancia de doscientos metros. En realidad, todo el problema está aquí, entre el suelo, el techo y las paredes de esta torre. Pues sí, les confieso que no sé si tirarla abajo.

—¿Y no hay ninguna pista?

—Ninguna.

—Señor Devanne, debemos tener en cuenta dos comentarios.

—¡Ah! —exclamó Devanne riendo—, al señor cura le gusta mucho husmear en los archivos, es un gran lector de historia y le apasiona todo lo que se refiere a Thibermesnil. Pero la explicación de la que habla solo enreda las cosas.

—¿Pero entonces?

—¿Le preocupa el asunto?

—Muchísimo.

—Entonces sabrá que de sus lecturas se deduce que dos reyes de Francia tuvieron la clave del secreto.

—¡Dos reyes de Francia!

—Sí, Enrique IV y Luis XVI.

—Pues no son cualquier tonto. ¿Y cómo lo sabe el señor cura?

—Muy fácil —continuó Devanne—. Dos días antes de la batalla de Arques, el rey Enrique IV cenó y durmió en el castillo. A las once de la noche, llevaron al dormitorio del rey a Louise de Tancarville, entonces la mujer más hermosa de Normandía, con la complicidad del duque Edgard, que en aquel momento reveló el secreto de la familia. Más tarde, Enrique IV le confió el secreto a su ministro Sully, quien cuenta la anécdota en sus *Royales Économies d'État* sin más comentarios que esta frase incomprensible: «El hacha gira en el aire que tiembla, pero se abre el ala y vamos hasta Dios».

Se hizo un silencio sepulcral y Velmont comentó en tono burlón:

—Pues no es de una claridad meridiana.

—¿Verdad? El señor cura sostiene que Sully representó en esa frase la clave del secreto, sin revelarlo a los escribientes a los que dictaba sus memorias.

—La hipótesis es ingeniosa.

—De acuerdo. Pero ¿qué significa el hacha gira y el pájaro se echa a volar?

—¿Y qué va hasta Dios?

—¡Misterio!

—¿Y el bueno de Luis XVI también mandó abrir el subterráneo para recibir la visita de una dama?

—Eso no lo sé. Todo lo que puedo decir es que Louis XVI se alojó en Thibermesnil en 1784 y que en el famoso armario de hierro que se encontró en el Louvre tras la denuncia del cerrajero Gamain había un papel con las siguientes palabras escritas de su puño y letra: «Thibermesnil: 2-6-12».

Horace Velmont estalló en carcajadas.

—¡Bravo! Cada vez está más claro el asunto. Dos veces seis suman doce.

—Ría cuanto quiera, señor —le reprochó el cura—, lo cual no significa que en esos dos comentarios no esté la solución y que algún día llegará alguien que sepa interpretarlos.

—El primero Herlock Sholmès —dijo Devanne—. A menos que Arsène Lupin se le adelante. ¿Y usted qué piensa, Velmont?

Velmont se levantó, apoyó una mano en el hombro de Devanne y soltó:

—Pues pienso que a los datos que aportan su libro y el de la Biblioteca Nacional les faltaba una información importantísima, que usted ha tenido la amabilidad de proporcionarme. Se lo agradezco.

—Y entonces, ¿qué?

—Pues entonces, ahora que el hacha ha girado, el pájaro ha escapado y dos veces seis suman doce, ya solo tengo que ponerme manos a la obra.

—Sin perder ni un minuto.

—¡Sin perder ni un segundo! ¿No tengo que robar en su castillo esta noche, es decir, antes de que llegue Herlock Sholmès?

—El caso es que no tiene mucho tiempo. ¿Quiere que le lleve?

—¿A Dieppe?

—Sí, a Dieppe. Así aprovecharé para recoger yo mismo a los señores de Androl, que llegan en el tren de las doce de la noche con la hija de unos amigos. —Y dirigiéndose a los oficiales, Devanne añadió—: Hablando de eso, señores, mañana volveremos a vernos todos aquí para almorzar, ¿les parece bien? Cuento con ustedes para que sus regimientos ocupen el castillo y lo asalten alrededor de las once.

Los militares aceptaron la invitación, se despidieron y un poco después un Renault 20-30 Étoile d'Or llevaba a Devanne y a Velmont por la carretera de Dieppe. Devanne dejó al pintor delante del casino y se dirigió a la estación.

A las doce de la noche, sus amigos bajaron del tren. A las doce y media, atravesaban las puertas de Thibermesnil. A la una, después de una ligera cena en el salón, todos se retiraron. Poco a poco se fueron apagando las luces y el silencio de la noche envolvió el castillo.

Pero la luna apartó las nubes que la cubrían y a través de dos ventanas llenó el salón de una pálida luz. Eso solo duró un momento. Rápidamente, la luna se ocultó detrás de la cortina de las colinas. Y todo quedó a oscuras. El silencio aumentó con la sombra más profunda. De vez en cuando, el crujido de algún mueble o el susurro de los juncos del estanque, que bañaba las viejas paredes con sus aguas verdes, alteraban ligeramente el silencio.

El reloj de la pared desgranaba el rosario infinito de segundos. Sonaron las dos de la madrugada. Luego, de nuevo, los segundos cayeron presurosos y monótonos en la pesada paz de la noche. Luego, sonaron las tres.

Y de pronto, algo restalló, como hace el disco de una señal que se abre y se cierra cuando pasa el tren. Y un chorro fino de luz atravesó el salón de lado a lado, igual que una flecha que dejara tras de sí un rastro reluciente. Brotaba de la acanaladura central de una pilastra en la que se apoyaba, a la derecha, el frontón de la biblioteca. Primero se quedó quieto en el entrepaño de enfrente, creando un círculo brillante, luego se paseó por todos lados como una mirada inquieta que escudriña la oscuridad, luego desapareció y volvió a surgir, mientras toda una parte de la biblioteca giraba sobre sí misma y dejaba al descubierto una amplia abertura con forma de bóveda.

Entró un hombre, que sujetaba una linterna eléctrica. Aparecieron un segundo y un tercer hombre con un rollo de cuerda y diversas herramientas. El primero examinó la habitación, se quedó escuchando un momento y dijo:

—Llamad a los compañeros.

De esos compañeros, llegaron ocho por el subterráneo, eran unos hombres grandes, fuertes, con cara vigorosa. Y empezó el saqueo.

Todo fue rápido. Arsène Lupin iba de un mueble a otro, los examinaba y, según el tamaño o su valor artístico, lo dejaba en su sitio u ordenaba:

—¡Lleváoslo!

Los hombres se llevaban el objeto, la boca enorme del túnel lo tragaba y lo enviaban a las entrañas de la tierra.

De este modo desaparecieron seis sofás y seis sillas Louis XV, tapices de Aubusson, arañas firmadas por Gouthière, dos Fragonard, un Nattier, un busto de Houdon y varias estatuillas. Algunas veces, Lupin se detenía delante de un magnífico aparador o una mesa extraordinaria y suspiraba:

—Esto pesa demasiado, es demasiado grande, ¡qué pena!

Y seguía con la valoración.

En cuarenta minutos, «despejaron», como decía Arsène, el salón. Y todo se llevó a cabo con un orden admirable y sin ningún ruido, como si los objetos que manejaban esos hombres estuvieran forrados de guata gruesa.

Entonces, Arsène le dijo al último de los compañeros que se iba con un reloj de Boulle:

—Ya es inútil volver. En cuanto esté cargado el camión, os largáis al granero de Roquefort, ¿queda claro?

—¿Y tú, jefe?

—Di que me dejen la moto.

El hombre se marchó, Lupin empujó el panel móvil de la biblioteca, quitó de en medio cualquier rastro del saqueo, borró las huellas de pasos, abrió una puerta y entró en la galería que comunicaba la torre con el castillo. En mitad de la galería había una vitrina, precisamente por esa vitrina Arsène Lupin se había obsesionado con la investigación del subterráneo.

Allí dentro había auténticas maravillas, una colección única de relojes, tabaqueras, anillos, cadenas de señora con colgantes, miniaturas cuidadosamente labradas. Con una pinza forzó la cerradura y sintió un placer intenso al tocar aquellas joyas de oro y plata, unas pequeñas obras de arte preciosas y delicadas.

Arsène llevaba una enorme bolsa de tela, puesta en bandolera, que había preparado especialmente para esos objetos. La llenó. Y también llenó los bolsillos de la chaqueta, del pantalón y del chaleco. Se había colgado en el brazo izquierdo un montón de esos bolsos limosneros con perlas que tanto gustaban a nuestras antepasadas, y que se habían puesto furiosamente de moda entonces, cuando le sorprendió un ligero ruido.

Se quedó escuchando: no, no se equivocaba, el ruido se definió.

Y de pronto recordó: al final de la galería había una escalera interior que conducía a unas habitaciones que hasta entonces estaban desocupadas, pero desde esa noche se habían reservado para la joven que Devanne había ido a recoger a Dieppe con los Androl.

Con un gesto rápido presionó el botón de la linterna y la apagó. A penas tuvo tiempo de llegar al vano de una ventana cuando en lo alto de la escalera la puerta se abrió y una tenue luz iluminó la galería.

Tuvo la sensación, porque medio escondido detrás de una cortina no veía nada, de que una persona bajaba los primeros peldaños cuidadosamente. Esperaba que no fuera más allá. Pero esa persona bajó y caminó por la galería. Entonces soltó un grito. Seguramente habría visto la vitrina forzada y prácticamente vacía.

Reconoció una presencia femenina por el perfume. Su vestido casi rozaba la cortina que ocultaba a Arsène y a él le pareció oír el latido del corazón de aquella mujer y que también ella adivinaba otra presencia humana detrás, en la oscuridad, al alcance de su mano... Lupin pensó: «Esa mujer tiene miedo, se marchará, es imposible que no se vaya». Pero no se fue. La vela que temblaba en su mano se afirmó. La joven se volvió, titubeó un instante, pareció escuchar el silencio espantoso y después, de un golpe, apartó la cortina.

Los dos se vieron.

Y Arsène murmuró, completamente trastornado:

—¡Usted..., usted..., señorita!

Era miss Nelly.

¡Miss Nelly! La pasajera del trasatlántico, la que había unido sus fantasías a las del joven durante aquella inolvidable travesía, la que presenció su arresto y, en lugar de traicionarlo, tuvo el bonito gesto de tirar al mar la Kodak, donde él había escondido las joyas y el dinero. ¡Miss Nelly! ¡La querida y sonriente criatura cuyo recuerdo tan a menudo lo entristeció o alegró durante las largas horas en prisión!

El azar era algo tan extraordinario que volvía a unirlos en aquel castillo y a esa hora de la noche. Los dos se quedaron paralizados, no podían moverse ni pronunciar una palabra, ambos estaban como hipnotizados por la fantástica aparición del otro.

Miss Nelly, tambaleante, rota de emoción, tuvo que sentarse.

Lupin se quedó de pie frente a ella. Y poco a poco, durante los interminables segundos que transcurrieron, fue consciente de la impresión que debía de causar en ese instante, con los brazos cargados de bolsos, los bolsillos hinchados y la bolsa llena a reventar. Se sintió tremendamente avergonzado y enrojeció al verse así, en la miserable situación de un ladrón atrapado en flagrante delito. Para ella, sin importar lo que ocurriera en adelante, ya solo sería un ladrón, el hombre que mete la mano en el bolsillo de los demás y fuerza las puertas para entrar en las casas furtivamente.

Uno de los relojes cayó a la alfombra y luego otro. Las demás cosas le resbalaban de los brazos y él no sabía cómo sujetarlas. Entonces, repentinamente, tomó una decisión, tiró en un sofá una parte de los objetos, se vació los bolsillos y se deshizo de la bolsa.

Así se sentía más cómodo delante de Nelly, dio un paso hacia ella con la intención de explicarle todo. Pero Nelly se echó hacia atrás, luego se levantó rápidamente, como si tuviera mucho miedo, y corrió hacia el salón. La puerta se cerró a su espalda, pero Lupin la alcanzó. Nelly estaba allí, paralizada, temblando, mirando con horror la enorme habitación saqueada.

Inmediatamente Lupin le dijo:

—Mañana, a las tres de la tarde, todo volverá a estar en su sitio... Diré que traigan los muebles. —Nelly no respondió y él repitió—: Mañana a las tres de la tarde, me comprometo. Nada en el mundo podrá impedir que cumpla mi promesa. Mañana a las tres de la tarde...

Se hizo un tenso silencio. Lupin no se atrevía a romperlo y la angustia de Nelly le provocaba un auténtico sufrimiento. Despacio y sin decir ni una palabra, se alejó de ella.

Y pensó: «¡Que se vaya! Que se sienta libre de irse. ¡Que no me tenga miedo!».

Pero de pronto, Nelly se estremeció y dijo balbuceando:

—Escuche, unos pasos..., oigo unos pasos.

Lupin la miró sorprendido. Nelly parecía asustada, como si se acercara algún peligro.

—Yo no oigo nada —dijo—, no puede ser.

—¿Qué? Tiene que huir, rápido, huya.

—Huir... ¿Por qué?

—Tiene que irse, tiene que irse. Vamos, no se quede aquí.

De golpe, Nelly corrió hacia la galería y puso el oído. No, ahí no había nadie. Quizá el ruido viniera de fuera. Esperó unos segundos y luego, más tranquila, se volvió.

Arsène Lupin había desaparecido.

En el mismo instante en que Devanne descubrió que habían saqueado el castillo, pensó: «Este golpe lo ha dado Velmont y Velmont es Arsène Lupin». Esa era la única explicación, no había otra. Sin embargo, esa idea solo se le pasó un instante por la cabeza porque era completamente inconcebible que Velmont no fuera Velmont, es decir, el famoso pintor del círculo de amistades de su primo Estevan. A Devanne ni siquiera se le ocurrió mencionar esa absurda hipótesis.

Toda la mañana en Thibermesnil fue un ir y venir indescriptible. Los gendarmes, la guardia rural, el comisario de policía de Dieppe, la gente del pueblo, todos se mezclaban por los pasillos o en el jardín o alrededor del castillo. La presencia de las tropas de maniobras y el restallido de los fusiles se añadía a lo curioso de aquella situación.

Las primeras investigaciones no proporcionaron pistas. Las ventanas no estaban rotas ni las puertas forzadas; sin lugar a dudas, los objetos se los habían llevado por la salida secreta. Aunque en la alfombra no había huellas ni en las paredes ninguna marca extraña.

Solo hubo una cosa, inesperada, que dejaba bien clara la imaginación de Arsène Lupin: la famosa *Chronique* del siglo XVI estaba de nuevo en su lugar de siempre y, junto a ella, se encontraba un libro similar, el ejemplar robado de la Biblioteca Nacional.

A las once llegaron los oficiales. Devanne los recibió alegremente, a fin de cuentas, su fortuna le permitía llevar con buen humor el posible disgusto que le habría provocado la pérdida de semejantes riquezas artísticas. Sus amigos, los Androl, y Nelly bajaron al salón.

Una vez hechas las presentaciones, se dieron cuenta de que faltaba un invitado. Horace Velmont. ¿No acudiría a la reunión?

Su ausencia despertó las sospechas de Georges Devanne. Pero a las doce en punto, entró en el salón. Devanne exclamó:

—¡Justo a tiempo! ¡Aquí está!

—¿No he sido puntual?

—Sí, pero podría no haberlo sido. ¡Después de una noche tan agitada...! Porque ¿sabrá la noticia?

—¿Qué noticia?

—Que usted ha robado en el castillo.

—¡Vamos!

—Como se lo digo. Pero antes, ofrézcale el brazo a miss Underdown y pasemos al comedor. Señorita, permítame... —Devanne interrumpió la frase, sorprendido por el nerviosismo de la joven. Luego, de pronto, recordó—: Es cierto, hablando de eso, usted viajó con Arsène Lupin hace tiempo, antes de que lo detuvieran. ¿No le parece increíble el parecido?

Nelly no respondió. Velmont sonreía delante de ella. El hombre se inclinó y ella se apoyó en su brazo. Lupin la llevó hasta su sitio a la mesa y él se sentó en frente.

Durante el almuerzo únicamente se habló de Arsène Lupin, de los muebles que había robado, del subterráneo, de Herlock Sholmès. Solo al final, cuando ya abordaron otros temas, Velmont intervino en la conversación. Fue sucesivamente divertido y serio, elocuente e ingenioso. Y todo lo que decía parecía decirlo en exclusiva para acaparar la atención de miss Underdown. Pero ella, muy distraída, fingía no oírlo.

El café se sirvió en la terraza que dominaba el patio de honor y el jardín de la fachada principal. La banda de música del regimiento empezó a tocar en medio del césped y muchos campesinos y soldados se dispersaron por los senderos del jardín.

Sin embargo, Nelly recordaba la promesa de Arsène Lupin: «Mañana, a las tres de la tarde, todo volverá a estar en su sitio, me comprometo».

¡A las tres! Y las agujas del enorme reloj del ala derecha marcaban las tres menos cuarto. Nelly, muy a su pesar, las miraba continuamente. Y también miraba a Velmont, que se balanceaba tranquilamente en una cómoda mecedora.

Tres menos diez..., tres menos cinco..., una especie de ansiedad con mezcla de angustia atenazaba a miss Underdown. ¿Sería posible que se produjera el milagro y que se produjera en el minuto exacto, cuando el castillo, el patio y el jardín estaban llenos de gente, y precisamente mientras el fiscal de la República y el juez de instrucción investigaban el caso?

Pero, por otra parte..., ¡por otra parte, Arsène Lupin lo había prometido con tanta firmeza! La joven estaba impresionada por la fuerza, la autoridad y la seguridad de aquel hombre y pensó: «Será como él ha dicho». Y aquello no le parecía un milagro, sino un hecho natural que la fuerza del universo debía provocar.

Sus miradas se cruzaron durante un segundo. Nelly se sonrojó y giró la cabeza.

Las tres en punto. Sonó la primera campanada, la segunda y la tercera. Horace Velmont sacó su reloj, miró hacia el del castillo y volvió a guardar el suyo en el bolsillo. Transcurrieron unos segundos. Y en ese preciso instante la gente se apartó hacia el césped dejando el paso libre a dos carros, enganchado cada uno a dos caballos, que acababan de atravesar la puerta de la verja del jardín. Eran como los que van a la retaguardia de los regimientos, con los baúles de los oficiales y las mochilas de los soldados. Se detuvieron delante de la escalinata. Un sargento furriel saltó de uno de los asientos y preguntó por el señor Devanne.

Devanne bajó las escaleras corriendo. Y vio, debajo de las lonas, cuidadosamente colocados y bien envueltos, sus muebles, sus cuadros y todos sus objetos de arte.

El furriel respondió a las preguntas que se le hicieron mostrando la orden que había recibido del suboficial de servicio y que el suboficial, a su vez, había recogido por la mañana en la reunión de mandos. Según indicaba la orden, la segunda compañía del cuarto batallón debía ocuparse de que el mobiliario depositado en el cruce de los Halleux, en el bosque de Arques, se entregara a las tres de la tarde al señor Georges Devanne, propietario del castillo de Thibermesnil. Y la firmaba el coronel Beauvel.

—En el cruce —añadió el sargento— estaba todo preparado, puesto en fila en la hierba y al cuidado de todo el que pasara por ahí. Me pareció extraño, pero bueno, la orden era firme.

Uno de los oficiales examinó la firma: estaba imitada perfectamente, pero era falsa.

La música había dejado de sonar, se vaciaron los carros y se devolvieron los muebles a sus respectivos lugares.

En medio de toda aquella agitación, Nelly se quedó sola al final de la terraza. Estaba seria, preocupada, la alteraban unos pensamientos confusos que no intentaba expresar. De pronto, vio que Velmont se acercaba. Quiso evitarlo, pero estaba encerrada en la esquina de la balaustrada y una hilera de enormes maceteros de plantas: naranjos, adelfas y bambúes solo le dejaban libre el camino por el que se acercaba aquel hombre. Nelly no se movió. Un rayo de sol temblaba en su cabello dorado, que agitaban unas delicadas hojas de bambú. Alguien dijo en voz muy baja:

—He cumplido mi promesa. —Arsène Lupin estaba junto a ella y a su alrededor no había nadie. Lupin repitió, titubeando y con voz tímida—: He cumplido mi promesa. —Esperaba de Nelly una palabra de agradecimiento o al menos gesto que demostrara el valor que ella daba a lo que él había hecho. Pero se mantuvo en silencio. Aquel desprecio enfadó a Arsène Lupin, y, al mismo tiempo, fue profundamente consciente de todo lo que entonces le separaba de Nelly, cuando ella ya sabía la verdad. Quiso disculparse, buscar excusas, demostrarle lo que había de valiente y grande en su vida. Pero las palabras, incluso antes de salir, le herían y cualquier explicación le parecía absurda e insolente. Entonces, le invadieron los recuerdos y murmuró—: ¡Qué lejos queda el pasado! Recuerde las largas horas que pasamos en la cubierta del Provence. Ah, mire... Tenía, igual que hoy, una rosa en la mano, una rosa pálida como esta. Yo se la pedí, usted pareció no oírlo. Sin embargo, cuando se marchó, encontré la rosa... Probablemente la olvidó.

Todavía la guardo. —Nelly seguía sin responder. Parecía estar muy lejos de él. Lupin continuó hablando—: En recuerdo de aquellas horas, no piense en lo que sabe. ¡Que el pasado se una al presente! Que en este momento no sea yo la misma persona que ha visto esta noche, sino el de otros tiempos, y que sus ojos me miren, aunque solo sea un segundo, como me miraban entonces, se lo ruego. ¿Ya no soy el mismo? —Nelly levantó los ojos, como él le pedía, y lo miró. Luego, sin decir ni una palabra, puso el dedo en un anillo que llevaba Lupin en el dedo índice. Solo se veía el aro, porque el engaste con un maravilloso rubí estaba vuelto hacia el interior de la mano. Arsène Lupin enrojeció. El anillo era de Georges Devanne. El hombre sonrió amargamente—. Tiene razón. Lo que has sido siempre serás. Quizá Arsène Lupin solo es y solo pueda ser Arsène Lupin y entre usted y yo no pueda siquiera haber un recuerdo. Perdóneme. Debería haber comprendido que mi sola presencia junto a usted es una ofensa.

Lupin se apartó hacia la balaustrada, con el sombrero en la mano. Nelly pasó por delante de él. Tuvo la tentación de sujetarla, de implorarle. Le faltó valor y la siguió con la mirada, como aquel día lejano cuando ella cruzaba la pasarela en el muelle de Nueva York. Nelly subió las escaleras que la llevaban a la puerta. Su esbelta silueta se dibujó entre el mármol del vestíbulo aún un instante más. Ya no volvió a verla.

Una nube oscureció el cielo. Arsène Lupin observaba inmóvil el rastro de las pequeñas huellas en la tierra. De pronto se estremeció: en el macetero del bambú donde Nelly se había apoyado estaba la rosa, la rosa pálida que no se había atrevido a pedir. Probablemente, esta también la había olvidado. ¿Pero voluntariamente o por descuido?

La empuñó entusiasmado. Cayeron al suelo unos pétalos. Los recogió uno a uno como si fueran reliquias.

«Vamos —pensó Lupin—, ya no tengo nada que hacer aquí. Además, si Herlock Sholmès se mezcla en este asunto, la situación podría empeorar.»

El jardín estaba desierto. Sin embargo, cerca de la caseta de la entrada había un grupo de gendarmes. Lupin se metió en el bosquecillo, escaló la muralla y cogió, para ir a la estación más cercana, un sendero que serpenteaba entre los campos. No había andado más de diez minutos cuando el camino, encajado entre dos taludes, se estrechó, y al llegar a aquel desfiladero, alguien que iba en sentido contrario entró a ese paso.

Era un hombre, de unos cincuenta años quizá, bastante fuerte y con la cara afeitada, vestía un traje que revelaba su origen extranjero. Llevaba en la mano un pesado bastón y colgada del hombro una bolsa de viaje.

Los dos hombres se cruzaron. El extranjero dijo con un acento inglés apenas perceptible:

—Perdone, señor, ¿este es el camino al castillo?

—Sí, continúe todo recto y gire a la izquierda cuando esté al pie del muro. Lo esperan con impaciencia.

—¡Ah!

—Sí, amigo, Devanne nos anunció su visita anoche.

—Pues peor para el señor Devanne si ha hablado más de la cuenta.

—Estoy encantado de ser el primero en saludarlo. Soy el más ferviente admirador de Herlock Sholmès.

Había en aquellas palabras un matiz imperceptible de ironía, que lamentó inmediatamente, porque Herlock Sholmès lo examinó de pies a cabeza con una mirada tan amplia y tan penetrante a la vez que Arsène Lupin sintió que esa mirada lo analizaba, lo atrapaba y lo observaba con más exactitud y más en esencia que ninguna cámara fotográfica.

«Ahora tiene el negativo —pensó—. Ya no vale la pena disfrazarse con este hombre. Aunque, ¿me habrá reconocido?»

Se despidieron. Pero se oyó un ruido de cascos, un ruido de caballos caracoleando con un tintineo de acero. Eran los gendarmes. Los dos hombres tuvieron que pegarse al talud, entre las hierbas, para evitar que los arrollaran. Los gendarmes pasaron, pero como marchaban uno tras otro a cierta distancia, tardaron bastante. Y Lupin seguía pensando:

«Todo depende de esta pregunta: ¿me habrá reconocido? Si la respuesta es que sí, hay muchas posibilidades de que aproveche la ocasión. La situación es angustiosa.»

Cuando pasó el último jinete, Herlock Sholmès se incorporó y sin decir nada se sacudió la ropa manchada de polvo. La correa de su bolsa se había enredado en unas zarzas. Arsène Lupin se apresuró a ayudarlo. Los dos hombres volvieron a mirarse durante un segundo. Y si alguien los hubiera sorprendido en ese momento, habría presenciado el emotivo primer encuentro de dos hombres tremendamente dotados, ambos muy superiores y destinados necesariamente, por sus talentos especiales, a chocar como dos fuerzas iguales que el orden del universo impulsa una contra otra a través del espacio.

Luego el inglés dijo:

—Se lo agradezco, señor.

—Con mucho gusto —respondió Lupin.

Así se separaron. Lupin se dirigió a la estación y Herlock Sholmès al castillo.

El juez de instrucción y el fiscal se habían marchado después de una inútil investigación y en el castillo se esperaba a Herlock Sholmès con una curiosidad que justificaba su gran reputación. Su aspecto de ciudadano respetable, tan diferente a la imagen que todos se hacían de él, los decepcionó un poco. No tenía nada del héroe de novela, del personaje enigmático y diabólico que uno se imagina al pensar en Herlock Sholmès. Devanne, sin embargo, dijo entusiasmado:

—¡Al fin está usted aquí, maestro! ¡Qué alegría! Hace tanto tiempo que lo esperaba… Casi me siento feliz por todo lo que ha pasado, porque eso me ha proporcionado el placer de conocerlo. Por cierto, ¿cómo ha venido?

—En tren.

—¡Lástima! Le habría enviado mi automóvil a la estación.

—Una llegada oficial, ¿verdad? Con tambores y música. Excelente manera de facilitarme el trabajo —rezongó el inglés.

Su tono poco amistoso desconcertó a Devanne, quien, esforzándose por bromear, continuó hablando:

—Afortunadamente, el trabajo es más fácil de lo que le expliqué por carta.

—¿Y eso por qué?

—Porque el robo se cometió anoche.

—Si no hubiera anunciado mi visita, señor, es probable que el robo no se hubiera cometido anoche.

—¿No? Entonces, ¿cuándo?

—Mañana o cualquier otro día.

—¿Y si hubiera sido así?

—Lupin habría caído en la trampa.

—¿Y mis muebles?

—No los habrían robado.

—Los muebles están aquí.

—¿Aquí?

—Los trajeron a las tres.

—¿Quién? ¿Lupin?

—Dos carros militares. —Herlock Sholmès se caló el sombrero con un gesto brusco y se colocó bien la bolsa de viaje; pero Devanne exclamó—: ¿Qué hace señor Sholmès?

—Me voy.

—¿Y por qué?

—Porque usted tiene sus muebles y Arsène Lupin ya está lejos. Mi cometido ha terminado.

—Pero, querido amigo, su ayuda es imprescindible. Lo que ocurrió ayer puede volver a suceder mañana, dado que desconocemos lo más importante: cómo entró Arsène Lupin, cómo salió y por qué unas cuantas horas después devolvió todo.

—¡Ah! No lo saben. —La idea de descubrir un secreto calmó a Herlock Sholmès—. De acuerdo, lo averiguaremos. Y pronto, ¿verdad? Y, en la medida de lo posible, solos. —La frase aludía claramente a todos los que estaban allí. Devanne lo comprendió y condujo al inglés al salón. Sholmès, con un tono seco, unas frases que parecían calculadas de antemano ¡y con qué parsimonia! hizo una serie de preguntas sobre la noche del día anterior, sobre los invitados que había y sobre las personas que frecuentaban el castillo. Luego, examinó los dos volúmenes de la *Chronique,* comparó los mapas del subterráneo, pidió que le repitieran los comentarios que había encontrado el padre Gélis y finalmente preguntó—: ¿Ayer fue la primera vez que usted habló de los dos comentarios?

—Sí, ayer.

—¿Nunca había informado sobre eso al señor Horace Velmont?
—No, nunca.
—Bien. Pida el automóvil. Me marcho dentro de una hora.
—¡Una hora!
—Arsène Lupin no tardó más en resolver el problema que usted le planteó.
—¡Yo! ¡Yo le planteé!
—¡Pues, sí! Arsène Lupin y Velmont son la misma persona.
—¡Ay! Lo sospechaba. ¡El muy sinvergüenza!
—Veamos, ayer a las diez de la noche usted le proporcionó a Lupin los auténticos datos que le faltaban y llevaba semanas buscando. Y, durante la noche, Lupin tuvo tiempo de entenderlos, reunir a su banda y saquearle. Pues yo pretendo ser igual de expeditivo.

Sholmès iba de un lado al otro de la habitación pensando, luego se sentó, cruzó las piernas y cerró los ojos.

Devanne esperaba, bastante incómodo.

—¿Se habrá dormido o estará pensando?

Sin mucha convicción, Devanne salió de la habitación para dar alguna instrucción. Cuando regresó vio a Sholmès al pie de la escalera de la galería, arrodillado y examinando la alfombra.

—¿Qué ocurre?
—Mire, ahí, esas manchas de cera de una vela.
—¡Vaya! Es verdad... y son muy recientes.
—Y también hay en lo alto de la escalera y otras más cerca de la vitrina que Arsène Lupin forzó y de la que se llevó los objetos para luego dejarlos en ese sofá.
—¿Y a qué conclusión llega usted?
—A ninguna. Sin lugar a dudas, todos estos hechos explicarían por qué devolvió lo que había robado. Pero ese es un aspecto de la cuestión del que no tengo tiempo para ocuparme. Lo fundamental es el trazado del subterráneo.
—Y aún espera...
—Yo no espero nada, yo sé. A doscientos o trescientos metros del castillo hay una capilla, ¿es así?

—Sí, una capilla en ruinas donde está la tumba del duque de Rollon.

—Diga al chófer que nos espere junto a la capilla.

—El chófer aún no ha regresado. Me avisarán. Pero, por lo que veo, usted considera que el subterráneo lleva a la capilla. ¿En qué se basa...?

Herlock Sholmès le interrumpió:

—Señor, le rogaría que me proporcionara una escalera y una linterna.

—¡Ah! ¿Necesita una linterna y una escalera?

—Eso parece, porque se las he pedido.

Devanne, algo desconcertado, tiró de la campanilla. Los criados llevaron las dos cosas.

Entonces, Sholmès continuó dando órdenes con la severidad y precisión de un mando militar.

—Apoye la escalera en la biblioteca, a la izquierda de la palabra «Thibermesnil»... —Devanne levantó la escalera y el inglés siguió dando instrucciones—: Más a la izquierda..., a la derecha... ¡Ahí! Suba... Bien. Todas las letras de la palabra tienen relieve, ¿verdad?

—Sí.

—Vayamos a la letra «h». ¿Gira en algún sentido?

Devanne agarró la letra «h» y exclamó:

—¡Sí, gira a la derecha! ¡Se mueve un cuarto de círculo! ¿Quién le ha dicho...?

Herlock Sholmès, sin responder, siguió diciendo:

—¿Puede, desde donde está, alcanzar la letra «r»? Si llega, muévala varias veces, como si fuera un cerrojo que se echa y se abre. —Devanne movió la letra «r». Y se quedó asombrado porque algo se activó en el interior—. Perfecto —dijo Herlock Sholmès—. Ya solo nos falta mover la escalera al otro extremo, es decir, al final de la palabra «Thibermesnil». Bien. Y ahora, si no me equivoco y si las cosas ocurren como deben, la letra «l» se abrirá como una ventanilla. —Con bastante seriedad, Devanne sujetó la letra «l». La letra «l» se abrió y Devanne cayó de la escalera porque toda la parte de la biblioteca entre la primera y la última letra de la palabra giró sobre sí misma y dejó al descubierto el orificio de un subterráneo. Herlock Sholmès preguntó muy flemático—: ¿Se ha hecho usted daño?

—No, no —respondió Devanne mientras se levantaba—, no me he hecho daño, pero estoy muy sorprendido, sí, lo reconozco. Unas letras que se mueven, el enorme subterráneo...

—¿Y por qué? ¿No es exactamente lo que dice el comentario de Sully?

—¿Dónde, señor?

—¡Pues obviamente! La «h» gira, la «r» tiembla y la «l» se abre...[2] Así pudo Enrique IV recibir a la señorita de Tancarville a una hora intempestiva.

—¿Y Luis XVI? —preguntó Devanne atónito.

—Luis XVI era un gran herrero y un hábil cerrajero. Leí un *Traité des serrures de combinaison* que se le atribuye. Los habitantes de Thibermesnil quisieron ser buenos súbditos y mostrarle a su señor esta obra maestra de la mecánica. El rey, para recordarlo, escribió: «2-6-12», es decir, «H-R-L», la segunda, la sexta y la duodécima letra del nombre.

—¡Ah, claro!, ya empiezo a entender... Pero una cosa más, si ahora me explico cómo se sale de esta habitación, aún no me explico cómo pudo entrar Lupin. Porque tenga muy en cuenta que él venía del exterior.

Herlock Sholmès encendió la linterna y entró en el subterráneo.

—Mire, todo el mecanismo está a la vista aquí, como los resortes de un reloj, y todas las letras aquí se ven del revés. Lupin solo tuvo que jugar con ellas desde este lado del panel.

—¿Y cómo lo demuestra?

—¿Cómo lo demuestro? ¿Ve este charco de aceite? Lupin incluso había previsto que necesitaría lubricar el engranaje —dijo Herlock Sholmès con bastante admiración.

—Pero entonces, ¿él conocía la otra salida?

—Igual que yo. Sígame.

—¿Por el subterráneo?

—¿Tiene miedo?

—No, ¿pero está seguro de conocer el camino?

—Con los ojos cerrados.

---

2 Para entender cómo Sholmès deduce que la clave está en las letras «h», «r» y «l», hay que saber que la palabra *hacha* en francés suena «h», *aire* suena «r» y *ala* suena «l». *(N. de la T.)*.

Entonces bajaron primero doce peldaños, luego otros doce y aún dos tramos más de doce. Luego se metieron por un pasillo muy largo cuyas paredes de ladrillo tenían las marcas de las sucesivas restauraciones y en algunas zonas rezumaban. El suelo estaba húmedo.

—Estamos debajo del estanque —señaló Devanne intranquilo.

El pasillo terminaba en una escalera de doce peldaños y a esta le seguían tres más de doce peldaños, que subieron a duras penas, y luego desembocaron en una cavidad pequeña tallada en la propia roca. El camino no iba más allá.

—Demonios —murmuro Sholmès, solo hay paredes desnudas, esto se vuelve embarazoso.

—¿Y si regresáramos? —susurró Devanne—. Porque, a fin de cuentas, no veo ninguna necesidad de saber más. Yo ya estoy satisfecho.

Pero el inglés levantó la mirada y suspiró aliviado, encima de ellos había un mecanismo igual que el de la entrada. Solo tuvieron que manipular las tres letras. Un bloque de granito se movió. Era la lápida del duque de Rollon, por el lado interior, con doce letras talladas en relieve «Thibermesnil». Estaban en la capillita en ruinas que había indicado el inglés.

—Y vamos hasta Dios, es decir, hasta la capilla —dijo Sholmès, refiriéndose al final del comentario.

—¡¿Y puede ser, puede ser que le haya bastado con esa simple frase?! —exclamó Devanne desconcertado por la clarividencia y el ingenio de Herlock Sholmès.

—Bueno —dijo el inglés—, ni siquiera era necesaria. En el ejemplar de la Biblioteca Nacional, el trazo, como usted sabe, termina a la izquierda en un círculo y a la derecha, también lo sabe, en una crucecita, pero está tan borrosa que solo puede verse con lupa. Evidentemente, esa cruz significa la capilla donde estamos.

El pobre Devanne no daba crédito a lo que oía.

—¡Es increíble, asombroso, y sin embargo de una simplicidad infantil! ¿Cómo es posible que nunca nadie haya desentrañado este misterio?

—Porque nunca nadie ha juntado los tres o cuatro elementos necesarios, es decir, los dos libros y los comentarios. Nadie excepto Arsène Lupin y yo.

—Pero yo también —protestó Devanne— y el padre Gélis, los dos sabíamos tanto como usted y aun así...

Sholmès sonrió.

—Señor Devanne, no todo el mundo está capacitado para descifrar acertijos.

—Pues yo llevo diez años buscando esto. Y usted, en diez minutos...

—Bueno, es la costumbre. —Salieron de la capilla y el inglés exclamó—: ¡Anda, nos está esperando un automóvil!

—Sí, el mío.

—¿El suyo? Creía que el chófer no había regresado.

—Así es, pero ¿entonces? —se acercaron al coche y Devanne preguntó al chófer—: Édouard, ¿quién le ha mandado venir aquí?

—Pues el señor Velmont —respondió el hombre.

—¿El señor Velmont? Entonces, ¿se encontró con él?

—Sí, cerca de la estación, me dijo que viniera a la capilla.

—¡A la capilla! ¿Y para qué?

—Para esperar al señor y al amigo del señor.

Devanne y Herlock Sholmès se miraron. Y luego Devanne dijo:

—Velmont se dio cuenta de que este misterio sería un juego de niños para usted. Es una delicada muestra de respeto.

Una sonrisa de satisfacción se dibujó en los finos labios del detective. Le había gustado la muestra de respeto. Y asintiendo con la cabeza dijo:

—Sí, es un gran tipo. De hecho, solo con verlo ya me di cuenta.

—Entonces, ¿lo ha visto?

—Nos cruzamos en el camino hace un rato.

—¿Y sabía que era Horace Velmont, quiero decir, Arsène Lupin?

—No, pero no tardé en adivinarlo. Por cierta ironía de su parte.

—¿Y lo dejó escapar?

—¡Desde luego! Y eso que tenía todas las cartas a mi favor. En ese momento pasaron cinco gendarmes.

—¡Maldición! Pues era entonces o nunca el momento de aprovechar la ocasión.

—Exactamente, señor —dijo el inglés altivo—, cuando el adversario es alguien como Arsène Lupin, Herlock Sholmès no aprovecha las ocasiones, las provoca.

Pero el tiempo apuraba y como Arsène Lupin había sido tan amable de enviar el automóvil, había que aprovecharlo sin tardar. Devanne y Herlock Sholmès entraron en la cómoda limusina. Édouard giró la manivela y se pusieron en marcha. Fueron desfilando los campos y los arboles agrupados, y las ligeras sinuosidades del país de Caux se allanaron delante de ellos. De pronto, un paquete en una de las guanteras llamó la atención de Devanne.

—¡Vaya! ¿Qué es eso? ¡Un paquete! ¿Y para quién? Pues es para usted.

—¿Para mí?

—Lea: «Señor Herlock Sholmès, de parte de Arsène Lupin».

El inglés cogió el paquete, lo desató y le quitó las dos hojas de papel con las que estaba envuelto. Era un reloj.

—¿¡Cómo!? —dijo Sholmès al tiempo que hacia un gesto de rabia.

—Un reloj —comentó Devanne—. ¿Por casualidad...? —El inglés no respondió—. ¡Vaya! ¡Es su reloj! ¿Arsène Lupin le envía su reloj? Pero si se lo envía es porque se lo había llevado. ¡Lupin se llevó su reloj! Desde luego, esta sí que es buena. ¡Arsène Lupin le roba el reloj a Herlock Sholmès! ¡Dios mío, qué divertido! No, de verdad, perdone usted, pero no puedo evitarlo.

—Y cuando Devanne terminó de reír, comentó con un tono lleno de convencimiento—: Sí, un gran tipo, efectivamente.

El inglés no se inmutó. Hasta que llegaron a Dieppe estuvo sin pronunciar ni una palabra con la mirada fija en el horizonte fugaz. Su silencio fue terrible, impenetrable, más violento que una rabia brutal. En la estación simplemente dijo, entonces ya sin ira pero con un tono en el que se percibía toda la voluntad y toda la fuerza del personaje:

—Sí, es un gran tipo, y un tipo al que tendré el placer de poner esta mano que le estoy dando ahora a usted encima, señor Devanne. Y me parece que, créame, Arsène Lupin y Herlock Sholmès volverán a encontrarse cualquier día de estos. Sí, el mundo es demasiado pequeño como para que no vuelvan a encontrarse, y ese día...